日語最新常用諺語、成語、流行語手冊

林榮一 編著

鴻儒堂出版社發行

目前在台灣使用的流行語很多，例如：「殺很大」、「夯」、「囧」、「嗆聲」或「白目」等等，這些語詞產生來源廣泛，甚至涵蓋網路上使用的「火星文」。另一方面，政治人物也喜歡使用「當仁不讓」、「全力以赴」等成語來顯示其文化素養。此外，有些人在談話中喜歡使用諺語。諺語是人們累積了數千年的生活經驗、智慧等的語言藝術表現，譬如：「一枝草、一點露」、「吃果子拜樹頭」等等。適當使用諺語，也能夠增加語言表達的多元性與趣味性。

然而諺語、成語和流行語等，常不拘泥於一般語法規則及句子的構造，因此常常即使看得懂每個單字的意思，也唸得出來，但只憑字面上似是而非的意思，則無法有效掌握語言背後所代表的文化意涵。

同樣的，諺語、成語和流行語，在日本也是廣泛地被運用著。舉例來說，「あざーす」是「謝謝」的省略說法；「とんだけー」是「太誇張了」的意思；「いうよね」是「你真敢說」的意思等等。雖然在字典裡，偶爾也會出現成語或諺語的解釋，但為數甚少，而在流行語方面則幾乎闕如。現今台灣的日語學習者，較缺乏適當的相關工具書，因此常導致學習上的困擾。但如果想要提升對於當代日語的掌

握能力，就要能夠對諺語、成語和流行語等，有一定程度的了解。

　　拙著「常用諺語、成語、流行語手冊」自出版以來，承蒙各界採用參考，甚是感謝。然而語言會隨著時間與社會狀況而有所改變，流行語等亦不斷地推陳出新。為此，筆者針對前一版內容加以修訂，同時藉著在日本教學的這段期間，參考相關書籍，儘可能完整蒐集當今在日常會話、報章雜誌、電視節目和日本文學作品中，經常出現的諺語、成語和流行語等，並詳加整理與翻譯，俾利於日文學習者之參考，期望讀者在現代日語的理解及表達上，能達到更完美的境界。

　　本書承蒙鴻儒堂編輯部加藤香織精心校對，但於編撰過程中，雖力求嚴謹，然而疏漏錯誤之處，在所難免，尚祈前輩先進，不吝指正是禱。

林榮一謹識

於日本天理大學

目　錄

あ

ああ言えばこう言う

故意唱反調。頂嘴。強詞奪理。

愛嬌溢れる

笑容滿面。

あいさつは時の氏神

問候是最好的和解人。

愛想がいい

和藹可親。會說話。

愛想が尽きる（＝愛想を尽かす）

討厭。嫌惡。唾棄。

愛想も小想も尽き果てる

厭惡之極。極其討厭。

あいた口が塞がらぬ

嚇得目瞪口呆。精神恍惚。

あいた口には戸はたたぬ

人嘴封不住。

あいた口に牡丹餅（＝棚から牡丹餅）

喜從天降。

相槌を打つ

隨聲附和。幫腔。

相手変われど主変わらず

以不變應萬變。換湯不換藥。（不管對方是誰）依然…。

相手のないけんかはできない

一個巴掌拍不響。

合いの手を入れる

搭腔。幫襯。

合間を縫う

抽空。見縫插針。

逢うは別れの始め

有聚必有散。天下無不散的筵席。

阿吽の呼吸

默契十足。

仰いで唾はく

仰天而唾。害人害己。自作自受。

7

仰いで天に愧じず俯して地に怍じず

仰不愧於天，俯不怍於人。

青筋を立てる

（氣得）青筋暴露。大發雷霆。

青田刈り（＝青田買い）

公司與未畢業學生先訂任用契約或先讓他們就職。

煽ち貧乏

擺脫不掉的貧窮。窮神纏身。

青菜に塩

垂頭喪氣。無精打采。委靡不振。

煽りを食う

受到……的影響；遭受……的打擊。

青は藍より出でて藍より青し

青出於藍，而勝於藍。

赤い着物を着る

坐牢。吃官司。

垢が抜ける（＝垢抜ける）

脫俗。洗練。洗刷冤屈。

足掻がつかぬ（＝足掻が取れぬ）

一籌莫展。進退維谷。

赤子の腕をねじる（＝赤子の手を捻る）

易如反掌。輕而易舉。

赤字まみれ

虧損累累。

証を立てる（＝証が立つ）

證明清白無辜。

赤信号が付く

出現危機。發生緊急情況。

あがったりになる

一蹶不振。完蛋了。

赤の他人

陌生人。毫無關係的人。

赤恥を掻く（＝赤っ恥を掻く）

當眾出醜。

吾が仏尊し

敝帚自珍。自以為是。唯我獨尊。

明るけりゃ月夜だと思う

指人頭腦簡單，見識狹隘。

飽きが来る

厭煩。厭倦。

秋風が立つ

吹起秋風。戀人之間感情變淡。

秋高く馬肥ゆ（＝天高く馬肥ゆ）

秋高馬肥。

空樽は音が高い

一瓶子醋不響，半瓶子醋響叮噹。形容一知半解而大放厥詞。

商い上手の仕入れ下手

擅推銷不擅進貨。

商いは牛の涎

做生意不可急躁，要細水長流。

商いは数でこなせ

薄利多銷。

秋茄子は嫁に食わすな

別給媳婦吃秋天的茄子。因茄子在秋天最美味，喻婆婆虐待媳婦不讓媳婦吃好（也有茄子籽少，多吃茄會生不出孩子，或茄子性寒，對媳婦的身體不好等說法）。

秋の鹿は笛に寄る

男人易為美色所迷（原指秋季為鹿的發春期，雄鹿往往被與鹿鳴聲相似的笛聲所騙）。

秋の日はつるべ落とし

秋天的太陽落得快。

秋葉山から火事

防火之神的總本山失火。指告誡別人的人，自己卻犯了錯。

飽きも飽かれもせず

夫妻恩愛。如膠似漆。

諦めは心の養生

後悔於事無補，不如放棄。

商人の空誓文

商人嘴裡沒眞話。

灰汁が強い

（人或文章）很有個性。倔強。

灰汁が抜ける

（個性或外表）脫俗。洗練。

悪の道に誘う

誘入邪途。

飽くまで言い張る

頑強主張。一口咬定。

悪事千里を走る

壞事傳千里。

悪事身にかえる

惡有惡報。不是不報，時候未
到。

悪妻が百年の不作

娶了壞老婆一輩子倒霉。

悪銭身に付かず

不義之財理無久享。不義之財守
不住。

悪に強ければ善にも強い

作壞事有本領的人，作好事也必
有本領。

悪女の深情け

醜女比美女更深情。無福消受。

悪態を吐く

出言不遜。潑婦罵街。

あくちも切れぬ

乳臭未乾。

悪人の勝利はただ一時のみ

惡人的勝利只是一時。

欠伸を噛み殺す

強打精神。

胡坐をかく

盤腿坐。高枕無憂。高高在上卻
什麼事都不做。

揚足を取る

挑毛病。吹毛求疵。找碴。

挙句の果て

最後。終於。結果。

上げ下げを取る

忽而說好，忽而說壞。一褒一
貶。

上げ潮に乗る

順利發展。

朱に染まる

全身是血。血淋淋。

開けて悔しき玉手箱

實際情況與想像差太多。

明けても暮れても

從早到晚。不論何時。每日。一
直。

顎から先に生まれる

能說善道。愛耍嘴皮子。

顎が干上がる

喝西北風。無法餬口。

顎で使う

使喚別人。

顎で蠅を追う

病奄奄。無吹灰之力。

顎を落ちる

格外好吃。

顎を出す

疲勞不堪。

顎を撫でる

心滿意足。得意洋洋。

顎を外す

大笑。爆笑。

あざーす

謝謝。

朝商いは福を呼ぶ

清晨開市財源茂。

朝雨馬に鞍置け

早上的雨下不長。

朝雨は女の腕まくり

雷聲大雨點小。

朝焼けは雨夕焼けは日和

早霞雨，晚霞晴。

浅い川も深く渡れ

如臨深淵，如履薄冰。（喻要小心謹慎，不可粗心大意）

朝起きの家は福来たる

早起做工幸福自然來臨。

朝起は三文の徳（＝早起きは三文の徳）

早起的鳥兒有蟲吃。早起好處多。

朝顔の花一時

曇花一現。好景不常。

朝駆の駄賃

輕而易舉。如探囊取物。

朝活

晨間活動。

麻につるる蓬（＝麻の中の蓬）

蓬生麻中不扶而直，白沙在涅與之俱黑。

朝寝する者は貧乏性

愛睡懶覺的人註定窮困。

朝寝八石の損

早晨睡懶覺，做什麼都吃虧。

朝寝坊の宵っぱり

夜貓子。

朝バナナ

香蕉早餐。早餐只吃香蕉的減肥法。

朝日が西から出る

太陽從西邊出來，喻不可能。

朝風呂丹前長火鉢

安逸的生活。

朝飯前のお茶の子さいさい

輕而易舉。不費吹灰之力。

足音を盗む

躡手躡腳。

足が重い

步伐沉重。舉步維艱。不想走動。懶得做事。

足掛りを得る

得到線索。找到門路。

足がすくむ

裹足不前。

足が地に着かない

心神不定。七上八下。不穩定。

足が付く

查到（逃亡者的）蹤跡。查到證據。有情夫。

足が出る

超出預算。露出馬腳。

足が遠のく

不常往來。疏遠。

足が早い

走得快。易腐壞。暢銷。走俏。

足が棒になる

疲憊不堪。

足が向く（＝足に任せる）

信步所趨。信步而行。

足蹴にする

用惡劣態度待人。一腳踢開。

足摺をして悔しがる

頓足懊悔。

朝に紅顔あって夕に白骨となる

朝爲紅顏夕白骨。喻人世無常生死莫測。

明日は明日の風が吹く

船到橋頭自然直。明天的事明天再說。

朝に道を聞かば夕に死すとも可なり

朝聞道，夕死可矣。

足駄を履いて首っ丈

墜入情網。

足手まといになる

礙手礙腳。成爲累贅。

足留めを食う

被困。被禁足。

味な事をやる

幹得漂亮。

足の裏の飯粒をこそげる

省吃儉用。極其節儉。

足の踏み場もない

擁擠。滿是…。

足場を失う

站不住腳。失去資格。失去立足點。

足場を固める

鞏固基礎。打好基礎。

足踏みする

停頓。不進行。

味も素っ気も無い

無趣的。無聊的。索然無味。

足元から鳥が立つ

事出突然。手忙腳亂。猛然；忽然。

足元から火がつく（＝足元に火がつく）

危險臨頭。大禍臨頭。如熱鍋上的螞蟻。火燒眉毛。

足元につけこむ

抓住他人弱點。乘人之虛。

足元にも及ばない

望塵莫及。

足元の鳥は逃げる

疏忽身邊的事物。

足元の明るいうち

趁還來得及。趁早。事不宜遲。

足元を見られる

被人捉住短處。

足を洗う

洗手不幹。改邪歸正。

足を入れる

涉足。進入（場所、世界）。

足を奪う

交通中斷。

足を限りに

竭盡腳力。盡腿力所及。

味を占める

得到甜頭。

足を掬う

攻人不備。暗算。謀算。

足が擂粉木になる

疲於奔命。

足を出す

露出馬腳。

足を止める

停下腳步。阻止。

足を取られる

絆腳。行進困難。

足を付ける

搭上關係。

足を伸ばす

放輕鬆。（到了一地點後）再到別處。離開日常生活領域。

足を抜く

斷絕關係。

足を運ぶ

（為某一目的）專程前往。

足を引っ張る

拉住腳不讓進行。妨礙。阻礙。

足を踏み入れる

踏入。涉足。

足を棒にする（＝足が棒になる）

腿累得彎不過來。腿走得僵直。

足を休める

歇腳。

明日ありと思う心の仇桜

人生無常。

飛鳥川の淵瀬

榮枯盛衰變化莫測。

与って力がある
あずか ちから

對…有貢獻。有幫助。

明日の百より今日の五十
あす ひゃく きょう ごじゅう

十賒不如一現。明天得一百不如
今天得五十。

明日の事を言えば鬼が笑う
あす こと い おに わら

將來之事無法預知。不知明日會
如何。

汗水たらす
あせみず

努力工作。

汗になる
あせ

（因工作、運動）汗流浹背。冷
汗直流。

汗をかく
あせ

流汗。出冷汗。（玻璃、牆上
等）凝聚水珠。反潮。發霉。

汗水を流す
あせみず なが

辛勤地勞動。不辭辛勞。

汗を握る
あせ にぎ

捏一把汗。緊張。

能う限りを尽した
あた かぎ つく

盡了一切可能。

当たって砕けろ
あ くだ

冒險。試一下。碰運氣。

能わざるにはあらず為さざるなり
あた な

非不能也，是不爲也。

仇は情け
あだ なさ

由恨轉愛。仇恨的事物反成爲努
力的動力，因而心生感謝。

仇を恩で報いる
あだ おん むく

以德報怨。

頭打ちになる
あたま う

達到頂點，到了盡頭。

頭押さえりゃ尻上がる
あたま お しり あ

有一好沒兩好。

頭隠して尻隠さず
あたまかく しりかく

顧頭不顧尾。欲蓋彌彰。

頭が上らない
あたま あ

抬不起頭來。

頭が痛い
あたま いた

頭痛。苦惱。

頭が固い
あたま かた

頑固。（思想、觀念）古板。

頭が切れる

機靈。聰明。

頭が下がる

欽佩。佩服。

頭が低い

謙虛。謙恭。

頭が古い

思想老派。迂腐。

頭が回る（＝頭の回転が早い）

頭腦靈活。腦筋轉得快。

頭から水を掛けられたよう

嚇得全身發抖。

頭から湯気を立てる

怒氣衝天。怒不可竭

頭でっかち尻すぼまり

虎頭蛇尾。

頭に入れる

考慮進去。記住。放在心上。

頭に置く

放在心上。記住。

頭に来る

神志失常。勃然發脾氣。發狂。
喝酒頭痛。

頭の上の蠅も追われぬ

自顧不暇。無能之輩。

頭の黒い鼠

內賊。家賊。

頭を上げる

抬頭。露頭角。勢力增長。

頭を抑える

壓制。壓抑。控制。

頭を抱える

感覺難辨。難以應付。焦慮不
安，傷腦筋。

頭を掻く

（害羞、丟臉、不知所措時）抓
耳撓腮。抓頭。

頭を切り替える

改變思想。換個想法。

頭を下げる

鞠躬，行禮。屈服。認輸。欽
佩。佩服。

頭を絞る

　絞盡腦汁。

頭を出す

　嶄露頭角。

頭を突っ込む

　投入。一頭栽進。參與。

頭をなやます

　煩惱不已。

頭を撥ねる

　抽成。揩油。抽頭。

頭を捻る

　苦苦思索。

頭を丸める

　出家當和尚。（爲謝罪等）替剃
　光頭。

頭を擡げる

　顯露。浮現。出現。（某種勢
　力）抬頭。得勢。

徒や疎かに

　隨隨便便。漫不經心。等閒視
　之。敷衍。不當回事。

新しい酒を新しい革袋に入れる

新酒要裝在新皮袋。（語出聖
經）指新的作法，需要有新的精
神與思考來當基礎，才能成功。

新しい酒を古い革袋に入れる

　換湯不換藥。舊瓶新裝。

当たらず触らず

　有所顧忌。委婉。八面玲瓏。不
　即不離。態度不明朗。

当たらずといえども遠からず

　雖不中亦不遠矣。八九不離十。

あたらぬ蜂には刺されない

　不要自找麻煩。

あたりに人も無気のふるまい

　旁若無人的舉止。

辺り構わず

　隨便。隨心所欲。

当たりをつける

　估計。推測。

当たりをとる

　獲得成功。取得超過預期的結
　果。

辺りを払う

威風凜凜。令人敬畏。

当たるも八卦、当たらぬも八卦

不可靠。問卜占卦也靈也不靈。

当たるを幸い

隨手。順手。遇到什麼便……

あちら立てればこちらが立たぬ

顧此失彼。無法兩全其美。

熱い

很紅。火紅。

厚い壁

很大的障礙。難打開的障礙。

呆気にとられる

嚇得目瞪口呆。

あっけらかんとした

目瞪口呆。毫不在乎。

暑さ寒さも彼岸まで

熱到秋分，冷到春分。

暑さ忘れりゃ蔭忘れる

忘恩負義。過河拆橋。

有って地獄無くて極楽

喻錢多、孩子多不一定好。

あってもあられぬ

坐立不安。無地自容。

あっという間に

說時遲那時快。一眨眼的工夫。

あっといわせる

令人吃驚。令人感嘆。

羹に懲りて膾を吹く

一朝被蛇咬十年怕草繩。

当て馬

幌子。掩護。

当てがはずれる

失望。

当て事は向こうから外れる

期待的事因對方的關係而落空。

当て事も無い

豈有此理。毫無道理。

当て付けがましい

指桑罵槐。諷刺。譏諷。

当てにする

指望。信賴。

当てになる

可以指望。信賴。

当てもない
　漫無目的。

後足で砂をかける
　過河拆橋。恩將仇報。臨別遺
　患。

後味が悪い
　（事後回想感到）不是滋味。

後押しをする
　撐腰。

後釜
　接任的人。繼任者。

後釜に据える
　隱藏自己的野心，表面上推出別
　人來擔任其事。

後口が悪い
　餘味不佳。（事情的結果）讓人
　不是滋味。

後先になる
　前後顛倒。

後先見ずに
　不顧前後。冒冒失失。

跡白浪と消え失せる
　逃之夭夭。不知去向。

後にする
　離開。

後にも先にも
　前所未有。空前絕後。絕無僅
　有。

後の雁が先になる
　後來者居上。

後の喧嘩先でする
　醜話說在前頭。先小人後君子。

後の祭
　雨後送傘。時機已過。馬後炮。

後は野となれ山となれ
　只顧眼前，不管將來。事後如何
　全然不顧。事後如何與自己無
　關。不管三七二十一。

後腹が病める
　留下後遺症。事後煩惱。後患無
　窮。

アドバルーンを揚げる
　（爲測試社會的反應）放出風向

19

球。

後へ引けない

無法讓步。退無可退。欲罷不
能。

後へも先へも行かぬ

進退兩難。進退維谷。

後棒を担ぐ

抬轎。為虎作倀。為虎添翼。當
幫手。當幫兇。

跡を暗ます

匿跡。潛逃。

跡を絶つ

絕跡。不再發生。杳無音信。

跡を濁す

留下爛攤子。

後を引く

沒完沒了。某事的影響力持續不
斷。

穴があれば入りたい

（羞得）無地自容。

穴のあくほど見る

凝視。盯著看。

穴の貉を値段する

打如意算盤。

穴を開ける

虧空。私用公款。

穴を埋める

填補虧空。補缺。

穴蔵で雷聞く

過於小心謹愼。

あなたを祝えばこなたの恨み

夾在中間。陷入兩難。

豈この理あらんや

豈有此理。

豈図らんや

居然。孰料。豈知。

あの声でとかげ食うかや時鳥

知人知面不知心。人不可貌相。

あの手この手

種種方法。

痘痕もえくぼ

情人眼裡出西施。

危ない綱渡りをする

冒險。走險路。

<ruby>危<rt>あぶ</rt></ruby>ない<ruby>橋<rt>はし</rt></ruby>を<ruby>渡<rt>わた</rt></ruby>る

鋌而走險。冒險。

<ruby>危<rt>あぶ</rt></ruby>ない<ruby>橋<rt>はし</rt></ruby>も<ruby>一度<rt>いちど</rt></ruby><ruby>渡<rt>わた</rt></ruby>れ

不如虎穴焉得虎子。

<ruby>虻蜂<rt>あぶはち</rt></ruby><ruby>取<rt>と</rt></ruby>らず

兩頭落空。賠了夫人又折兵。貪
得無厭反而受損。

<ruby>油<rt>あぶら</rt></ruby>が<ruby>切<rt>き</rt></ruby>れる

（機器的潤滑油）油沒了。精疲

力盡。體力不支。

<ruby>脂<rt>あぶら</rt></ruby>が<ruby>乗<rt>の</rt></ruby>る

魚正肥。（讀書、工作）得正起
勁。年富力強。

<ruby>油<rt>あぶら</rt></ruby>に<ruby>水<rt>みず</rt></ruby>（＝<ruby>水<rt>みず</rt></ruby>と<ruby>油<rt>あぶら</rt></ruby>）

水火不相容。

<ruby>油<rt>あぶら</rt></ruby>の<ruby>利<rt>き</rt></ruby>いた<ruby>口車<rt>くちぐるま</rt></ruby>

能說善道。口若懸河。

<ruby>油<rt>あぶら</rt></ruby>を<ruby>売<rt>う</rt></ruby>る

偷懶。摸魚。閒聊。

<ruby>油<rt>あぶら</rt></ruby>を<ruby>売<rt>う</rt></ruby>る。

油を差す

　加油。打氣。鼓勵。

油を絞る

　譴責。教訓。

油をそそぐ

　煽動。唆使。火上加油。

油を流したよう

　風平浪靜。

油紙に火の付いたよう

　口若懸河。

阿呆につける薬はない

　糊塗蟲無法治。笨得無可救藥。

甘い汁を吸う

　揩油。佔便宜。不勞而獲。

天下り

　高官退休後，到民間企業、法人
團體等處居要職。（人事）空降
部隊。

甘口

　甜言蜜語。花言巧語。

余すところなく

　絲毫不留。完全。都。徹底。

雨垂れ石を穿つ

　滴水可穿石。

あまの邪鬼

　脾氣彆扭的人。事事唱反調。

あまり物に福あり

　剩的東西有福氣。吃鍋底有福。

あまりと言えば

　太…。過於。

阿弥陀の光も金次第

　佛見黃金也低頭。金錢萬能。有
錢能使鬼推磨。

網呑舟の魚をもらす

　網漏於呑舟之魚。比喻法令寬
鬆，連大奸大惡之人都抓不到。

網の目から手

　自願者眾。需求者多。

網の目を潜る

　鑽法律漏洞。逃出法網。

網を張る

　佈下天羅地網。

雨が降ろうが槍が降ろうが

　不畏險阻。不論如何（喻決心之

大）。

飴を食わせる（＝飴を嘗めさせる）

給一個甜頭吃。

雨につけ風につけ

不論刮風下雨。不論何時。一年
到頭。

雨の降る日は天気が悪い

理所當然。廢話。

雨晴れてかさ忘れる

忘恩負義。好了傷疤忘了疼。

雨降って地固まる

愈挫愈勇。彌練彌堅。不打不相
識。

過ちの功名

因禍得福。歪打正著。

過ちて改めざる是を過ちという

過而不改，是謂過矣。

過ちては則ち改むるに憚ること勿れ

過勿憚改。犯了錯就不要害怕去
改。

争い果ててのちぎり木

馬後炮。雨後送傘。

荒肝を抜く

嚇死人。嚇壞。

嵐の前の静けさ

暴風雨前的寧靜。

有り金をはたく

傾囊。掏出身上所有的錢。

アラフォー。

Around 40。指四十歲前後的女
性。

あらん限りの知恵を絞る

絞盡腦汁。

あらん限りの力

使盡全力。

ありそうでないのが金、なさそうで
あるのが借金

似有而無的是錢，似無而有的是
債。

蟻の穴から堤がくずれる

千丈之堤以螻蟻之穴潰之。喻不
足爲慮的小事招來重大惡果。

蟻の一穴天下の破れ

小問題也可能引起大災禍。

蟻の思いも天に届く

精誠所至、金石爲開。有志者事
竟成。

蟻の這い出る隙もない

水洩不通。戒備森嚴。

アルファから

全部。從頭到尾。

合わせる顔がない

無言以對。

あわてる乞食はもらいが少ない

欲速則不達。

鮑の片思い

單戀。單相思。

あわよくば

順利的話。運氣好的話。如果得
手。

哀れと言うもおろかなり

用可憐二字都不足以形容。

泡を食う

驚慌失措。

泡を吹かす

使……大吃一驚。嚇人。

暗影を投ずる

罩上陰霾。使…前途黯淡。

案じるより団子汁

不必操心，只需耐心等待。

暗礁に乗り上げる

擱淺。觸礁。遇到意外的困難，
進退兩難。

鞍上人無く鞍下馬なし

喻騎術精湛。人馬合一。

案ずるより産むが易し

做起來比想像中的簡單。船到橋
頭自然直。

案に落つ

不出所料。意料之中。落入圈
套。

案に違う（＝案に相違する）

出乎意料。

24

い

意<ruby>に<rt>かい</rt></ruby>介する
介意。放在心上（多用否定形）。

意に適う
合心意。正中下懷。

意に満たない
不滿意。不稱心。

意を得ず
不如意；莫名奇妙；不得要領。

意を酌む
體察。體諒。

意を決する
下決心。決意。

意を注ぐ
專心致志。全神貫注。

意を体する
按照…的想法。

異を立てる
標新立異。

意を尽くす
充分闡述自己的想法。

意を強くする
信心大增。

異を挟む
質疑。提出其他看法。

異を唱える
唱反調。

意を用いる
注意。留意。留神。

胃の腑に落ちる
理解。信服。了解。領會。

井の中の蛙大海を知らず
井底之蛙，不識大海。

帷幄に参ずる
運籌帷幄。參與決策。

いい後は悪い
樂極生悲。

25

いい顔をしない

冷淡。沒好臉色。

いい気になる

得意洋洋。沾沾自喜。

いい気味だ

活該。大快人心。

いい子になろうとする

裝乖。故作無辜。

いい線行っている

還不錯。順利往好的方向發展。

いい面の皮

倒大楣。丟人現眼。

いい年をして

都這麼大歲數了（居然還…）。

いい迷惑

池魚之殃。無端受累。

好い目が出る

（原指玩骰子時出現好點數）喻
期待已久的幸運。稱心如意。時
來運轉。

言い掛かりを付ける

找藉口故意找人麻煩。找碴。

言い放つ

脫口而出。直接了當地說。斬釘
截鐵地說。斷言。宣稱。宣告。

言う口の下から

才剛說完…就…。話音剛落。

言う事なし

無話可說。無可批評。

言うは易く行うは難し

言易行難。

言うに言われぬ

無可言喩。無法形容。想說卻說
不出口。

言うに及ばず

無須贅言。不必說。當然。

言うに足らぬ

不足道。不值得說。無法形容。

言うも愚か

當然。不用說。不言自明。

いうよね

你真敢說。

家を空ける

不在家。

家を外にする
時常往外跑。在家待不住。拋家在外。

家を畳む
搬家。收拾家具。

家を出ず
出家。入佛門。

家を出る
離家出走。逃家。離婚出走。

家柄より芋茎
出身再好不如吃飽。

家貧しくして孝子あらわる
家貧顯孝子。

いかさま
假的。詐欺，作弊。

いかす
流行的，有魅力的。絕妙的。

鋳型に嵌める
用拘泥形式規矩、制度來束縛人，使人變得像是一個模子刻出來的，以符合需求。

怒り心頭に発する
震怒。勃然大怒。

怒りは敵と思え
憤怒為人之大敵。以怒為敵。克制自己。急性子吃虧。

怒りを遷す
遷怒於人。

怒りを買う
惹人生氣。

息が合う
步調一致。合得來。

息がかかる
仰人鼻息。

息が切れる
上氣不接下氣。氣喘吁吁。斷氣。半途而廢。

息が絶える
斷氣。死。上氣不接下氣。

息が続く
持續不斷。堅持不懈。

息が詰まる
（因緊張）喘不過氣來。

息が長い

　長久持續，有生命力。文章、句子很長。

息が弾む

　氣喘吁吁。上氣不接下氣。

息を入れる

　歇口氣。休息一下。換口氣。

息を切らす

　上氣不接下氣。帶喘。呼吸困難。

息を凝らす

　屏息。

息を殺す

　屏住呼吸。隱藏氣息。不喘大氣。

息を吐く

　吐氣。吐息。歇息。鬆口氣，放心。

息を継ぐ

　換口氣。歇口氣。喘口氣。

息を継ぐ（＝吐く）暇もない

　連喘口氣的時間都沒有。

息を詰める

　屏氣。憋住氣。

息を抜く

　休息一下。換口氣。

息を呑む

　倒吸一口氣。（因危險、吃驚而嚇得）喘不上氣。

息を引き取る

　嚥氣。死亡。斷氣。

息を吹き返す

　甦醒。復活。復甦。

生き馬の目を抜く

　雁過拔毛（指狡猾的人敏於詆騙）。

勢い当たるべからず

　勢不可當。

生き甲斐

　生存的意義或目的。

行き掛けの駄賃

　順便。

生き肝を抜く

　嚇破膽。

生きた心地もしない

嚇得半死。

生血をしぼる

剝削血汗。

生血をすする

吮人膏血。

異議無し

沒有異議。全面肯定。

息の根を止める

殺死。徹底了結。根除。

生き恥を曝す

苟且偷生。活得不光彩。

生き身に餌食

天不生無祿之人。天無絕人之路。

生き身は死に身

生者必死。不知何時要死。

熱り立つ

非常生氣。

威儀を正す

莊重正經。衣冠楚楚。

意気地がない

軟弱。沒志氣。

戦を見て矢を矧ぐ

臨陣磨槍。

行くとして可ならざるはなし

無往不利。

イクメン

育兒男。

イケてる

超酷。很棒。很行。

イケメン

帥哥。型男。

諍い果てての契り

言歸於好。

委細構わず

不管三七二十一。

いざ鎌倉

一旦有事的時候。一旦緊急的時候。急的時候。

潔しとしない

良心或自尊不允許。不屑。

いざさらば

再見。再會。

いざ知らず

先不說。姑且不說。（如何不得而知）

石が流れて木の葉が沈む

浮石沉木。喻事物的道理顛倒。太陽從西邊出來。

石に齧りついても

再艱苦也要……。

石に灸（針）

（給石頭針灸）毫無效用。無濟於事。

石に漱ぎ流れに枕す

強詞奪理。漱石枕流。

石に錠

萬無一失。

石に謎掛ける

對牛彈琴。

石に立つ矢

以箭穿石，喻專心致志必能成功。

石に花咲く

鐵樹開花（喻不可能）。

石に布団は着せられぬ

子欲養而親不待。即時行孝。多此一舉。

石に耳あり

隔牆有耳。

石の上にも三年

多年媳婦熬成婆。功到自然成。

石を抱かせる

拷問。嚴刑逼供。

石臼を箸にさす

做無理要求。

石亀の地団駄

力不從心。

意地汚い

貪嘴。嘴饞。

意地が悪い

用心不良。心術不正。

意地にでも

爭口氣。賭氣。

意地になる

賭氣（故意採取某種行動）。

意地にも我にも

忍耐到達極限。

意地にかかる

（＝意地になる、意地を張る）

固執己見。意氣用事。

石橋を叩いて渡る

萬分小心。處世謹慎。

石仏

沉默寡言。不動如山。

医者が匙を投げるような病気

不治之症。

医者が取るか坊主が取るか

病危。

医者寒からず儒者寒し

醫生富學者窮。

医者の玄関構え

粉飾外表。粉飾門面。

医者の只今

不值得信賴。

医者の不養生

言行不一致。

医者の若死に出家の地獄

救人易救己難。

医者は見かけによらぬ

人不可貌相。

意匠を凝らす

（繪畫、詩文等）苦心構思。精心設計。

衣食足りて栄辱を知る

衣食則足知榮辱。

意地を通す

堅持己見。倔強。

意地を張る

固執。不退讓。

異心を挟む

圖謀不軌。懷有二心。

以心伝心

以心傳心。心靈相通。

威信は地に墜つ

威信掃地。

いすかの嘴

31

不如意。事與願違。

居住まいを正す

坐直。坐正。正襟危坐。

出ずる日蕾む花

前途無量。

いずれ菖蒲か杜若

前途無量。

急がば回れ

欲速則不達。

磯の鮑の片思い

單相思。單戀。

板ばさみになる

左右爲難。

イタイ

寫成片假名，指丟臉、窩囊、難看等。

痛い上の針

雪上加霜。

痛いところを突く

踩到痛腳。

痛い目にあう

嚐到苦頭。吃了虧。

痛くもない痒くもない

不痛不癢。

痛くもない腹を探られる

無緣無故地被懷疑。沉冤莫白。

板子の一枚下は地獄

船板之下爲地獄。喻船上工作之危險。

痛し痒し

左右爲難。

頂くものは夏も小袖

只要是別人送的什麼都好。

鼬の最後っ屁

最後的一招。窮途之策。

鼬の無き間の貂誇り

山中無老虎，猴子稱大王。

鼬の道

不再來往。絕交。

鼬の道切

斷絕往來。斷絕音訊。凶兆。

徒になる

徒勞無功。前功盡棄。

板_{いた}に付_つく

恰如其分。適合。符合。

至_{いた}れり尽_つくせり

周到。盡善盡美。無微不至。

一_{いち}か八_{ばち}か

碰運氣。聽天由命。

一_{いち}から十_{じゅう}まで

一切。全部。

一_{いち}か八_{ばち}かやって見_みよう

冒冒險。碰碰運氣。

一_{いち}に看病_{かんびょう}二_にに薬_{くすり}

生病時家人的看護勝於藥。

一_{いち}の裏_{うら}は六_{ろく}

好壞相依、禍福並存。

一_{いち}も二_にもなく

立即。馬上。

一_{いち}も取_とらず二_にも取_とらず

兩頭空。

一_{いち}を得_えて二_にを望_{のぞ}む

得寸進尺。

一_{いち}を聞_きいて十_{じゅう}を知_しる

聞一知十。

一_{いち}を知_しり二_にを知_しらぬ

只知其一不知其二。

いちいち数_{かぞ}えあげればきりがない

不勝枚舉。

一円_{いちえん}を笑_{わら}う者_{もの}は一円_{いちえん}に泣_なく

一文錢逼死英雄好漢。

一芸_{いちげい}に名_なあれば遊_{あそ}ぶことなし

有一技之長者閒不著。

一芸_{いちげい}は道_{みち}に通_{つう}ずる

精一技者通百路。一精百通。

一言以_{いちげんもっ}て之_{これ}を蔽_{おお}う

（＝一言_{いちげん}を以_{もっ}て之_{これ}を蔽_{おお}えば）

一言以蔽之。

一期_{いちご}の不覚_{ふかく}

一生最大的失策。

一言_{いちごん}もない

無言以對。無話可說。

一事_{いちじ}が万事_{ばんじ}

由一事知萬端。

一日千秋の思い

　一日不見，如隔千秋。

一日の長

　一日之長。指知識、本領稍高一
籌。

一樹の陰一河の流れも他生の縁

　十年修得同船渡，百年修得共枕
眠。

一途に思い込む

　認定。確信不疑。

一堂に会す

　齊聚一堂。

一道に秀でる

　有一技之長。

一度あることは二度ある

　有一就有二。

一難去ってまた一難

　前門拒虎，後門進狼。

一日の計は朝にあり

　一日之計在於晨。

一念岩をも通す

　精誠所至、金石爲開。

一念天に通ず

　至誠感天。心誠則靈。

一年の計は元旦にあり

　一年之計在於春。

一罰百戒

　殺雞儆猴。殺一儆百。

一富士二鷹三茄子

　年初之夢，夢到富士山、鷹、茄
子。表吉利的徵兆。

一脈相通ずる

　一脈相通。

一網打尽

　一網打盡。

一目置く

　自嘆弗如。敬佩。

一文惜しみの百失い

　因小失大。

一文銭は鳴らぬ

　孤掌難鳴。

一文にもならぬ

　做白工。徒勞無功。

34

いちゃいちゃする

　打情罵俏。

いちゃもんをつける

　找碴。

一葉落ちて天下の秋を知る

　一葉知秋。

一陽来復

　一陽來復（喻冬去春來、好事將

　近）。一元復始。

何時にない

　異乎尋常。與平常不同。

何時の間に

　不知道什麼時候。

何時の間にか

　不知不覺。神不知鬼不覺。

一攫千金

　一攫千金。一舉千金。

一家を成す

　成家。自成一派。

一巻の終わり

　萬事皆休。

一簀を以て江河を障う

　以一簀障江河。

一挙両得

　一舉兩得。

一犬虚に吠えて万犬実を伝う

　一人傳虛，萬人傳實。

一刻を争う

　分秒必爭。

一札を入れる

　立下字據。交出保証書。

一糸乱れず

　一絲不苟。

一糸も纏わない

　一絲不掛。赤身裸體。

一瀉千里

　一瀉千里。

一瞬の猶豫もない

　刻不容緩。

一将功成りて万骨枯る

　一將功成萬骨枯。

一生はあざなえる縄の如し

35

禍兮福所倚，福兮禍所倚。一生
禍福相鄰。

一笑を買う

成爲笑柄。

一緒になる

結爲夫妻。聚在一起。

一矢を報いる

報一箭之仇。

一心岩を通す

心誠則滴水穿石。一心一意。滴
水穿石。

一炊の夢

黄梁一夢。

一寸先は闇

前途莫測。前途暗淡。

一寸の光陰軽んずべからず

不要浪費一點點的時間。一寸光
陰一寸金。

一寸延びれば尋延びる

只要度過眼前的難關，後來就會
輕鬆多了。

一寸の虫にも五分の魂

弱者也有志氣不可輕侮。匹夫不
可辱其志。

一世を風靡する

風靡一時。

一席打つ

說了一席話。發表談話。

一席設ける

設宴。

一石を投じる

引起風波。投下震撼彈。

一石二鳥

一擧兩得。一箭雙鵰。

一世の別れ

生離死別。

一線を画する

劃清界線。

一銭を笑うものは一銭に泣く

一文錢也不可輕視。勤儉節約。

一旦緩急あれば

一旦情勢緊急。

一簞の食一瓢の飲

簞食瓢飲。

一籌を輸する

遜於……。略遜一籌。

一時違えば三里の遅れ

小便差百尺，飯後差一里。

一途を辿る

日趨。不斷。

一杯食う

受騙。上當。

一杯食わす

欺騙。

一発噛ます

狠狠教訓一頓。

一敗地に塗れる

一敗塗地。

一斑を見て全豹を知る（＝一斑を見て全豹をぼくす）

窺一斑而知全貌。見微知著。

一筆入れる

記上一筆。

一服盛る

下毒殺人。

鷸蚌の争い

鷸蚌之爭。坐收漁翁之利。

一歩を踏み出す

踏出新的一步。

一歩を譲る

讓步。遜色。

一本さす

駁倒對方。讓對方啞口無言。

一本立ちになる

自立。獨立。

一本取る

得勝。

一本取られる

輸給別人。

一本参る

打敗、駁倒對方。（劍道上）擊中對方。被擊中。

いつまでもあると思うな親と金

父母與金錢皆非永存，應該好好珍惜。

居ても立ってもいられない

　坐立難安。

偉とするに足る

　偉大。值得讚賞。

暇を盗む

　偷閒。抽空。

糸を引く

　暗中操縱。

居直り

　惱羞成怒。

犬が西向きゃ尾は東

　理所當然。

犬と猿

　水火不相容。

犬に論語

　對牛彈琴。

犬の尾を食うて回る

　原地踏步。毫無收獲。

犬の遠吠

　在背後說人壞話。

犬は三日飼えば、三年の恩を忘れぬ

犬飼三日，三年不忘其恩。

犬も歩けば棒に当たる

　多事惹禍。出外碰到好運氣。

命あっての物種

　留得青山在，不怕沒柴燒。生命
　寶貴。

命から二番目

　僅次於生命的寶貴東西。

命長ければ恥多し

　壽長則多恥。

命の瀬戸際（＝命の際）

　生死關頭。臨終。

命の洗濯

　休養。消遣。

命は鴻毛より軽し

　生命輕於鴻毛。

命より名を惜しむ

　重名不重命。

命を預ける

　託付性命。

命を落とす

38

喪命。

命を懸ける

拚命。豁出性命。

命を削る

辛勞擔心得幾乎要短命（喻非常辛苦、擔心）。歷盡艱辛。

命を繋ぐ

保住性命。

命を取る

取人性命。殺人害命。

命を投げ出す

捨命。奮不顧身。

命を拾う

倖免於難。

命を棒に振る

白白送命。

命を的に懸ける

拚命去做。

意馬心猿

心猿意馬。煩惱慾望難抑制。

茨の道

荊棘路。人生之路坎坷。

茨を負う

負荊（請罪）。背負苦難。

韋編三たび絶つ

韋編三絶，喻熱心讀書。

今か今かと

望眼欲穿。等不及。迫不及待。

今という今

現在。此刻。

今にして思う

現在回想起來。

今に始まった事ではない

已不是新聞。並非新鮮事。

今に見ろ

等著瞧。走著瞧。

今の今まで

直到剛才都～（多接否定）

今はこれまで

無力回天。一切都完了。

今や遅しと

迫不及待。望穿秋水。

今泣いた烏がもう笑う
破涕爲笑（指小孩的情緒變化快速）。

今更のように
現在才…。

芋の煮えたも御存じない
五穀不分。雞鴨不辨。

芋を洗うよう
擁擠不堪。

芋頭でも頭は頭
寧爲雞首不爲牛後。

寝も寝られず
夜不成眠。想睡也睡不著。

否応無く
不管願不願意。強迫。

いやいや三杯
欲迎還拒。

嫌気が差す（＝嫌気を起こす）
討厭、厭煩。

嫌という程
厭膩；厭煩。厲害；夠嗆。

嫌でも応でも
不管願不願意。不管怎樣。

いやはや
哎喲喂呀。哎呀；啊哎。

嫌味を言う
說挖苦話。

甍を争う
櫛比鱗次。

炒豆に花が咲く
事出意外。鐵樹開花。太陽打西邊出來。

入れ代わり立ち代わり
川流不息。接連不斷。

入るを量りて出ずるを為す
量入爲出。

入れ違い
擦身而過。放錯。走錯地方。（電腦）輸入錯誤。

色が褪める
（衣物）褪色。（戀愛）變心。

色に溺れる
耽於女色。

色の白いは七難隠す

　一白遮三醜。

色は思案の外

　戀愛不能以常理判斷。

いろはのいの字も知らぬ

　目不識丁。文盲。

色も香もあり

　名實兼備。情義兩盡。

色を失う

　大驚失色。驚惶失措。

色を替え品を替える

　千方百計。

色を損ずる

　面露慍色。

色を作る

　化妝。打扮。裝模作樣。

色をつける

　給予折扣。優惠。讓步。通融。

色をなす

　勃然大怒。勃然變色。

色を見て灰汁をさす

見機行事。隨機應變。

色気が付く

　情竇初開。春情發動。

色気より食い気

　中看不如中用。

色気を示す

　表示興趣。對…感興趣。

色気を出す

　賣弄風騷。（能力不足卻）想嘗
　試。

色目を使う

　眉目傳情。送秋波。獻媚。

岩が物言う

　隔牆有耳。

岩木を結ばず、岩木を分けぬ

　人非草木孰能無情。

鰯網でくじらを取る

　意外收穫。

鰯で精進落ち

　因小失大。

鰯の頭も信心から

精誠所至，金石爲開。

言_いわせも立_たてず

別人還沒說完就…。

言_いわせも果_はてず

話還沒說完就…。

言_いわぬが花_{はな}

不說爲妙。含而不露才是美。

言_いわぬことは聞_きこえぬ

要把話說清楚，免得別人不知道。

言_いわぬは言_いうに勝_かち

無聲勝有聲。

言_いわぬは腹_{はら}ふくる

如鯁在喉不吐不快。

言_いわんばかり

簡直像是在說。等於說。

陰_{いん}に籠_{こも}る

陰鬱。潛伏在內部。

員_{いん}に備_{そな}わるのみ

有權無職。只是濫竽充數而已。

陰_{いん}に陽_{よう}に

明裡暗裡。

韻_{いん}を踏_ふむ

押韻。

インチキ

不正的。欺騙。假東西。

因果応報_{いんがおうほう}

因果報應。

因果_{いんが}の胤_{たね}を宿_{やど}す

珠胎暗結。私通懷胎。

因果_{いんが}を含_{ふく}める

說明原委（讓人放棄或想開）。

慇懃_{いんぎん}を通_{つう}じる

私通。

咽喉_{いんこう}を扼_{やく}する

掐住喉嚨，喻掌握交通要道。

引導_{いんどう}を渡_{わた}す

超渡。下最後通牒。

因縁_{いんねん}を付_つける

找碴。找麻煩。

因縁_{いんねん}を解_とく

說明道理。釐清原委。

う

兎の毛で突いたほど
一點點。很小。

鵜の真似する烏は水におぼれる
東施效顰。

鵜呑みにする
囫圇吞棗。狼吞虎嚥。

鵜の目鷹の目
瞪眼尋視。拼命尋求。虎視眈眈。

有為転変は世の習い
世事本無常。

上から目線
輕視對方、自以爲了不起的態度或言語。

上には上がある
人上有人。天外有天。強中自有強中手。

上の好むところは下これにならう
上行下效。上有所好下必甚焉。

上よ下よ（＝上を下へ）
天翻地覆。

上を越す
超越。

上を見れば方図がない
得隴望蜀。貪得無厭。

上見ぬ鷲
肆無忌憚。目空一切。

魚と水
親密無間。

魚の泥に息吐くが如し
半死不活。

魚の水を離れたよう
無依無靠。

魚心あれば水心あり
你敬我一尺，我還你一丈。人心長在人心上。

伺いを立てる
請求神喻。請示。

43

浮かぬ顔

　無精打采的面孔。不高興的面孔。

浮かぶ瀬がない

　沒有出頭之日。沒有翻身之日。

浮き足立つ

　沉不住氣。靜不下來。

浮き沈み七度

　（人生）沉浮不定。

浮き名を流す

　緋聞多。

憂き身をやつす

　為……而廢寢忘食。熱衷於。

憂き目を見る

　遭受苦難。

浮世の沙汰は金次第

　有錢能使鬼推磨。

浮世は回り持ち

　人生起伏不定。

浮世は夢

　浮生若夢。

受けがいい

　受歡迎。

有卦に入る

　大夫行運醫病尾。碰上好運。

うける

　受到歡迎。感到有趣、爆笑。

受けを取る

　得到滿堂彩。

雨後の筍

　雨後春筍。

烏合の衆

　烏合之眾。

動きが取れぬ

　寸步難行。進退兩難。進退維谷。

兎も七日なぶればかみつく

　忍耐是有限度的。

兎を見て犬を呼ぶ

　亡羊補牢，為時不晚。

ウザい

　麻煩。

牛掴むばかりの暗がり
（うしつか・くら）

伸手不見五指。

氏なくして玉の輿
（うじ・たま・こし）

麻雀變鳳凰。

牛の歩み
（うし・あゆ）

行動緩慢。牛歩。

牛の角を蜂が刺す
（うし・つの・はち・さ）

不痛不癢。

牛の涎
（うし・よだれ）

又細又長。漫長而單調。

牛に経文
（うし・きょうもん）

對牛彈琴。

牛に対して琴を弾ず
（うし・たい・こと・だん）

對牛彈琴。

牛に引かれて善光寺参り
（うし・ひ・ぜんこうじ・まい）

偶入此道，發現新境。偶然走上
正道。

牛の歩みも千里
（うし・あゆ・せんり）

踥步千里。

牛は牛連れ馬は馬連れ
（うし・うしづ・うま・うまづ）

物以類聚。

牛を馬に乗り換える
（うし・うま・の・か）

選擇對自己有利的一方。看風使
舵。

牛に対して琴を弾ず。
（うし・たい・こと・だん）

牛追い牛に追われる

　　本末倒置。反客爲主。

氏より育ち

　　教育重於出身。英雄不怕出身低。

後ろが見られる

　　毛骨悚然。過意不去。內疚。

後ろ髪を引かれる

　　戀戀不捨。難分難捨。

後ろ千両（＝後ろ弁天）

　　背影好看。背影殺手。

後ろ指を指される

　　被人背地裡責罵。讓人指脊梁。

後ろを見せる

　　敗走。示弱。

薄き氷を踏む

　　如履薄冰。

薄気味が悪い

　　令人有些害怕。心裡發毛。怪模怪樣。

ウザい

　　麻煩。

嘘から出たまこと

　　弄假成眞。謊言成爲事實。

嘘で固める

　　謊話連篇。

嘘は後から剥げる

　　紙包不住火。

嘘の皮

　　完全是撒謊。

嘘八百をならべる

　　信口開河。胡說八道。

嘘も方便

　　說謊有時也是一種權宜之計。有時說謊也是必要的。

嘘をつかねば仏になれぬ

　　善意的謊言是必要的。

嘘つきは泥棒のはじまり

　　說謊是做賊的開始。

歌は世につれ世は歌につれ

　　歌唱反應當時之世風，世風亦受歌影響。

疑いを挟む

　　懷疑。有疑慮。

うだつが上がらぬ

  抬不起頭來。沒有出頭之日。翻不了身。

うちの盗人は捕まらぬ

  家賊難防。

内兜を見透かす

  看破底細。識破隱情。

内広がり外すぼまり（＝内弁慶の外地蔵）

  在家像條龍出外像條蟲。

有頂天

  歡天喜地。興高采烈。得意洋洋。

内輪げんか

  自家（內部）爭吵。內訌。

内輪もめ

  內鬨。內部糾紛。

団扇を上げる

  判定一方得勝。

うっちゃりを食う

  在最後一刻形勢逆轉。

現を抜かす

  神魂顛倒。迷住。

移れば変わる世の習

  人世變化無常。

打って一丸となる

  團結一心。同心協力。

腕が上がる

  技術（能力）提高。

腕が利く

  本領高超。

腕が立つ

  技藝精湛。

腕が鈍る

  技術不熟練。本領差。

腕がなる（＝腕をさする）

  摩拳擦掌。躍躍欲試。

腕に覚えがある

  對自己的能力有自信。

腕に縒をかける

  拿出全副本事。更加一把力氣。

腕を上げる

  磨練技術。酒量增加。

腕を買われる

實力受到認同。

腕を拱く

袖手旁觀。

腕を鳴らす

大顯身手。

腕を振るう

施展才能。

腕を磨く

磨練技術。

腕一本脛一本

赤手空拳。憑自己的本事。

打てば響く

反應靈敏。有呼必應。

烏兎怱怱

光陰似箭。歲月如梭。

独活の大木

大而無能者，大草包。金玉其
外，敗絮其中。

鰻登り

扶搖直上。直線上升。不停地升
官。

鰻の寝床

狹長的房子。狹窄的地方。

うねりを打つ

迂迴。曲折。搖曳。

産声を上げる

出生。（新事物）誕生。

馬が合う

意氣相投。合得來。

馬には乗って見よ　人には添うて見
よ

路遙知馬力，日久見人心。

馬の骨

來歷不明的人。

馬の耳に念仏（＝馬の耳に風）

當作耳邊風。對牛彈琴。

馬の脊を分ける

隔道不下雨。夏雨隔牛背。

馬は馬連れ

物以類聚。

馬も買わずに鞍を買う

做事順序顛倒。

生まれもつかない
（意外事故造成的）後天的傷
殘。

生まれぬ先のむつきさだめ
未雨綢繆。

馬を牛に乗り換える
拿好的去換差的。故意讓自己陷
入不利。

馬を鹿に通す
指鹿爲馬。

海に千年山に千年
（＝海に千年河に千年　海千山千）
老奸巨猾。老江湖。

海の事は漁師に問え　山の事は樵夫
に問え
術業有專攻。

海の幸山の幸
山珍海味。

海の物とも川の物とも付かぬ
結果如何說不清。事情如何難以
弄清。未知數。

海を山にする

不自量力。很難辦到。

生みの親より育ての親（＝生みの恩
より育ての恩）
養育之恩大於生育之恩。教我者
重於生我者。

有無を言わせず
不容分說。不管三七二十一。

梅と桜
珠聯璧合。互相媲美。

梅に鶯
相得益彰。匹配得很適稱。

梅干と友達は古いほどよい
梅乾和朋友越老越好。

埋もれ木に花が咲く
枯木逢春。時來運轉。

うやむやにする
搞得含糊不清。不了了之。

裏には裏がある
內幕裡還有內幕。內幕複雜。話
中有話。

裏の裏を行く（＝裏をかく）
計謀虛虛實實，出其不意。將計

49

就計。

裏へ回る

暗地裡（搞鬼）。

裏を返す

重複。再來一次。（衣服）翻裡作面。

裏を返せば

反過來說。說穿了。

裏を取る

查證。

裏釘を返す

小心謹慎。

占い者身の上知らず

算命的不知自身禍福。觀人之失易，見己之失難。

うらなりの瓢箪

梢上的葫蘆不結實。臉色蒼白身體瘦弱的人。

裏腹

相反地。

怨み骨髄に徹す

恨之入骨。恨入骨髓。

怨みに報ゆるに徳を以てす

以德報怨。

裏目に出る

事與願違。

売り言葉に買い言葉

爭執不休。針鋒相對。以牙還牙。

瓜の蔓に茄子は生らぬ

瓜蔓上結不出茄子。烏鴉生不出鳳凰。

売物にする

作爲幌子。作爲招牌。

瓜を二つに割ったよう

（＝瓜二つ）

長得一模一樣。

うるさ型

吹毛求疵的。事事要表示意見的人。

烏鷺の争い

圍棋戰。烏鴉與白鷺爭報，指以黑白子爭勝負的圍棋戰。

噂をすれば影がさす

說曹操，曹操就到。

上手に出る
盛氣凌人。

上手を行く
更勝一籌。

上の空
心不在焉。視而不見。

上前を撥ねる
揩油。抽傭金。

運がつくばう
走霉運。倒楣。

運が向く
走運。運氣好。

薀蓄を傾ける
傾其所學。

うんざりする
感覺厭煩。厭膩了。

運次第
看運氣。碰運氣。

雲泥の差
天壤之別。判若雲泥。

雲泥万里
天淵之別。

うんとある
非常多。

うんともすんともいわぬ
一聲不響。不置可否。

運は天にあり
命運在天。謀事在人，成事在天。

運否天賦
天定命運。

運を天に任せる
聽天由命。

51

え

絵に描いたもち

　畫餅充飢。

絵に描いたよう

　（技術）精湛。美麗如畫。（用
　「…を絵に描いたよう」）正
　是。完全是。

柄のないところに柄をすげる

　強詞奪理。任性妄爲。

営営

　孜孜不倦。忙忙碌碌。

英気を養う

　養精蓄鋭。

栄枯盛衰

　榮枯盛衰。

衛星会社

　大公司下面的附屬公司。

衛星都市

　繞著大都市周圍的小城市。

駅ナカ

　車站內商店。

易者身の上知らず

　算命的不知自身禍福。觀人之失
　易，見己之失難。

駅メロ

　電車發車音樂。

エコポイント

　環保點數。

会者定離

　天下無不散的筵席。

えせ者の空笑い

　奸笑。小人諂笑。

得体の知れない

　離奇的。來路不明。莫名奇妙
　的。不倫不類的。

得たり顔

　得意洋洋。得意的神色。

得たり賢し

　正合己意（而毫不遲疑）。正中

下懷。如願以償。

得たりや応

好極。妙極。

枝が咲く（＝枝葉が咲く）

（事情）向多方面發展。話題越扯越遠。

枝を矯めて花を散らす

矯枉過正。

笑壺に入る

眉開眼笑。喜上眉梢。

笑壺に持ち込む

陷害別人。

悦に入る

滿意。喜歡。

得手に鼻突く

善游者溺，善騎者墮。

得手に帆を揚げる

如龍得雲。如虎添翼。

得手勝手

任性（不顧整體）。自私自利。

江戸っ子は宵越しの銭は使わぬ

今朝有酒今朝醉。不花隔夜的錢。

江戸の敵を長崎で討つ

江戸的仇在長崎報（喻在意外的地方報仇）。

蝦で鯛を釣る

抛磚引玉。以小本圖大利。一本萬利。

烏帽子を着せる

誇大其詞。加油添醋。

得も言われぬ

難以形容。妙不可言。

鰓が過ぎる

說大話。口出狂言。

選ぶ所がない

一模一樣、沒有差別。

選んで粕を掴む

挑三揀四，反而選到最差的。

襟に付く

趨炎附勢。依附權貴。

襟を披く

推心置腹。

襟を正す

> 正襟危坐。

エロい

> 很色（黃）。

縁と命はつながれぬ

> 緣份和生命斷了都不能再復原，
> 喻覆水難收。

縁なき衆生は度し難し

> 難渡無緣眾生，佛渡有緣人。

縁の下の筍

> 翻不了身、無法升遷的人。

縁の下の力持ち

> 在背地裡出力。無名英雄。

縁は異なもの味なもの

> 緣份不可思議。

縁起がいい

> 吉祥。

縁起でもない

> 不吉利。喪氣。

縁起をかつぐ

> 遇事講究趨吉避凶。討個吉利。

雀燕いずくんぞ鴻鵠の志を知らんや

> 燕雀焉知鴻鵠之志。

炎上

> 著火；在網路上遭到眾人圍剿。

エンジンがかかる

> 事情順利進行。上軌道。

遠水近火を救わず

> 遠水救不了近火。緩不濟急。

猿臂を伸ばす

> 伸長手臂拿東西。

遠謀を巡らす

> 深謀遠慮。

煙幕を張る

> 放煙霧彈。轉移焦點。

遠慮会釈もなく

> 毫不客氣。

遠慮は無沙汰

> 太過客氣反顯失禮。

遠慮ひだるし伊達寒し

> 客氣挨餓，愛美不怕凍。

54

お

尾に尾をつけて話す
渲染誇張。添油加醋的說。

尾を引く
留下痕跡。不絕如縷。

尾を振る
討好。阿諛奉承。

尾を振る犬は叩かれず
伸手不打笑臉人。

尾を見せる
露出馬腳。

お愛想を言う
說恭維話;說應酬話。

お誂え向き
符合期望。恰好。

お預けを食う
期待已久的事被迫拖延。

追風に帆を揚げる
一帆風順。順風揚帆。

追い討ちをかける
接連打擊。追擊。打落水狗。

お家芸
看家本領。拿手好戲。家傳絕技。

お家の一大事
不得了的大事。關係家族存亡的大事。

老い木は曲がらぬ
老人頑固。改正壞習慣要趁早。

追込みをかける
(在決定勝負的緊張階段)作最後努力。

おいしくて頬っぺたが落ちそう
非常好吃。

おいそれと
輕易地。簡單地。

老いては麒麟も駑馬に劣る
人老無能。樹老無靈。

老いては子に従え
　人老隨子。老則從子。

老いては益々壮んなるべし
　老當益壯。

老いの一徹
　老頑固。

老の繰言
　人老愛嘮叨。

応接に暇あらず
　應接不暇。

負うた子に教えられて浅瀬を渡る
　受晚輩的教導。後生可畏。

往生際が悪い
　不死心。想不開。

負うた子より抱いた子
　親疏有別，是人之常情。

負うた子を三年探す
　丈八燈台照遠不照近。

負うと言えば、抱かれると言う
　得寸進尺。得隴望蜀。

枉を矯めて直に過ぐ

矯枉過正。

王手をかける
　聽牌。置人於死地。使人爲難。

近江泥棒伊勢乞食
　近江商人是小偷、伊勢商人是乞
　丐。

鸚鵡返し
　鸚鵡學舌。人云亦云。

大当たりを取る
　獲得大成功。

狼に衣
　人面獸心。衣冠禽獸。

大男総身に知恵がまわりかね
　四肢發達，頭腦簡單。

大きな家に大きな風
　樹大招風。

大きな顔をする
　洋洋得意。

大きな口をきく
　吹牛。說大話。

大きなお世話だ

（拒絕別人幫助時）你別管。不要多管閒事。

大勢に手なし

寡不敵眾。

大勢の赴くところ

大勢所趨。

大勢の眼鏡は違わぬ

群眾的眼睛是雪亮的。

大立者

大人物。重要人物。首領。

大手の

大規模的。

大手を振る

走路時雙手大幅度擺動。大搖大擺。無所顧忌。

大鉈を振るう

大刀闊斧的整頓。大砍大殺。

大幅に

範圍，程度頗大或廣泛。

大船に乗ったよう

穩若泰山。有恃無恐。

大風呂敷を広げる

說大話。吹牛。大吹大擂。

大骨を折る

非常費力。非常辛苦。

大見得を切る

誇下海口。

大向こうを唸らせる

博得滿堂彩。大受歡迎。

大目に見る

睜一隻眼，閉一隻眼。寬大處理。

大目玉を食う

挨了一頓罵。

公になる

公開。公諸於世。

公腹立つ

抱不平。感憤怒。

お蚕包み

過奢華的日子。

お抱え学者

御用學者。

大鋸屑も言えば言う

　強詞奪理。

お門が違う

　認錯人。弄錯了對象。

陸に上がった河童

　虎落平陽。英雄無用武之地。

お株を奪う

　搶走拿手好戲。

傍目八目

　旁觀者清。

岡評議

　說風涼話。

お冠（＝冠を曲げる）

　不高興。發脾氣。鬧情緒。

起きて半畳寝て一畳

　人起來時只需半疊的空間，躺下
　來時只需一疊的空間，指人真正
　需要的東西其實不多，要懂得知
　足。

沖にもつかず磯にも離る

　前不著村後不搭店。進退兩難。

沖を越える

技藝超群。

御極文句

　老一套。老調子。

お灸を据える

　懲戒。

億兆心を一にする

　萬眾一心。

奥手

　晚熟。

奥の手を出す

　使出絕招。

奥歯に衣着せる

　故弄玄虛。話裡有刺。含糊其
　詞。語焉不詳。

奥歯に物が挟まったような言い方を
する

　說話吞吞吐吐。不乾脆。

おくびにも出さない

　不動聲色。隻字不提。

臆病風を引く

　膽怯心虛。膽小如鼠。

臆面もない

　恬不知恥。厚顔無恥。

奥行きがない

　膚淺。

お蔵にする

　停止（演出、表演、計畫等）。

お蔵に火が付く

　火燒屁股。迫在眉睫。

おけらになる

　囊空如洗。

お声がかかる

　（上級的）授意、推薦。

驕るのは心常に貧し

　貪心不足。慾海難填。

驕る平家は久しからず

　（＝驕れる者は久しからず）

　驕者必敗。

押さえが利く

　制得住（部下或同伴）。控制得

　了場面。

お先棒を担ぐ

　輕易地做人家的走狗。

お座敷が掛かる

　應邀出席。

お里が知れる

　現原形。

幼馴染

　青梅竹馬。兒時玩伴。

収まりが付く

　解決。收拾。

おさらばになる

　絕交。斷絕關係。

押掛け客

　不速之客。

押しが利く

　有威信。有威望。說話算數。

押しが強い

　強硬。頑強。臉皮厚。有魄力。

押しの一手

　硬是要…。硬逼著…。

惜しげもなく

　毫不留戀。毫不可惜。慷慨的。

怖気を震う

　嚇得發抖。害怕。

押し出しがいい

　一表人材。儀表堂堂。風度好。

推して知るべし

　可想而知。

唖の一声

　千載難逢的事。

唖の問答

　雞同鴨講。

唖の夢

　（心裡明白）嘴說不出來。

押しも押されもせぬ

　無可否認的。

お釈迦様でも気が付くまい

　出人意料。意想不到。神不知鬼
不覺。

お釈迦に経を聞かせる

　班門弄斧。

お釈迦になる

　變成廢品。

おじゃんになる

　（預定的事、計畫）落空。告
吹。泡湯。

お上手を言う

　拍馬屁。奉承。

お相伴にあずかる

　沾您的光。

汚職

　貪污。瀆職。

押すに押されぬ

　無可爭辯的。

お膳立てが揃う

　準備就緒。

お節介をやく

　多管閒事。多事。

遅かりし由良之介

　爲時已晚

遅牛も淀早牛も淀

　遲早都一樣。不必著急。

遅きに過ぎる

　爲時已晚。

恐れ入谷の鬼子母神

　　不勝惶恐。

恐れをなす

　　感到害怕。

おそれがある

　　恐怕要。

恐ろしい時の念仏

　　平時不燒香，臨時抱佛腳。

お題目を唱える

　　空喊口號（沒有實踐）。光說不
　　練。

お高くとまる

　　妄自尊大。瞧不起人。

オタク

　　對某種事物熱心偏愛到病態程度
　　的人。御宅族。

おだてる

　　煽動。慫恿。

お陀仏になる

　　死。報銷。垮台。泡湯。

小田原評定

　　議而不決，反受其害。

落ち武者は薄の穂にも怖ず

　　風聲鶴唳，草木皆兵。

落ち目に祟り目

　　屋漏偏逢連夜雨。

お茶の子さいさい

　　容易得很。算不了一回事。

お茶を濁す

　　敷衍搪塞。蒙混過去。

お茶を挽く

　　（妓女）接不著客。

お猪口になる

　　傘被吹翻。

押っ取り刀で駆けつける

　　急忙趕到。

乙に澄ます

　　裝腔作勢。裝模作樣。

落つれば同じ谷川の水

　　不論貴賤，終同入穴。

お天道様に石

　　害人反害己。自作自受。

おっちょこちょい

心浮氣燥，輕率行動的人。

お手上げ

舉雙手投降。束手無策。

お手盛り運用

打如意算盤。

お手柔らかにお願いします

手下留情。

お寺擂り粉木

喻有減無增。沒有稜角。無所長進之意。

おとがいで蠅を追う

氣衰力竭。

おとがいを叩く

喋喋不休。說壞話。

男が上がる

（男性）評價上升。

男が下がる

（男性）評價下滑。

男が廃る

丟臉。丟人現眼。

男が立つ

保住（身爲男性的）顏面。保住（身爲男性的）自尊。

男心と秋の空

男人的心善變。

男は敷居跨げば七人の敵あり

男人在社會上活動必會樹敵。

男は度胸女は愛嬌

男人要有膽識，女人要有魅力。

男は松　女は藤

男人是女人的依靠。

男勝り

比男人有主意的（勇敢的）女人。巾幗英雄。

男冥利に尽きる

作爲男人非常幸福。

男鰥に蛆が湧く　女寡に花が咲く

鰥夫因爲沒有女人照料，身邊會變得髒亂不堪。女人守寡後無事一身輕，更會受到男性青睞。

男を売る

因行俠仗義而名揚天下。

男を拵える

有情夫。與男人私通。

男を磨く
　鍛鍊男子氣概。

音沙汰がない
　音訊全無。杳無音訊。

脅しを食う
　受威嚇。受恐嚇。

大人買い
　大人式購買。

大人の社会科見学
　大人的社會參訪。

オトメン
　粉味少男。

同じ穴の狢
　一丘之貉。

同じ釜の飯を食う
　生活在一起。同甘共苦。

鬼が出るか、蛇が出るか
　凶吉莫測。

鬼が笑う
　鬼會嘲笑。笑人不切實際。

鬼に金棒
　如虎添翼。

鬼に衣
　多此一舉。人面獸心。

鬼のいぬ間に洗濯
　（趁顧忌的人不在）喘口氣。山
　中無老虎猴子當大王。

鬼の霍乱
　一直很健康的人突然病倒。神仙
　也難免會生病。

鬼の首を取ったよう
　如獲至寶。

鬼の空念仏
　貓哭耗子假慈悲。

鬼の目にも涙
　鐵石心腸的人也會流淚。

鬼の目にも見残し
　智者千慮必有一失。老虎也有打
　盹時。

鬼も十八番茶も出花
　醜女妙齡也好看。粗茶初泡味亦
　香。

鬼を欺く

力大如牛。面貌醜陋。

鬼を酢にして食う

天不怕，地不怕。

鬼瓦にも化粧

佛要金裝人要衣裝。

オネエ

大姐型男人

お上りさん

進京的人。從鄉下來大都市玩的人。

己の頭の蝿を追え

管別人之前先管好自己。

己の欲せざる所は人に施す勿れ

己所不欲，勿施於人。

己を抑える

克己。

己を以て人を量る

以己度人。

斧を入れる

伐木。砍伐。

尾羽打ち枯らす

落魄。

十八番

拿手好戲。得意的本領。

お鉢が回る

輪到。

おばさんキラー

師奶殺手。

お払い箱になる

趕出去。被解雇。

おびき出す

調虎離山。誘出。

おひげの塵を払う

獻媚。

おひとりさま

單身女性。

帯に短したすきに長し

不合用。不成材。高不成低不就。

帯紐を解く

同床共枕。放寬心。不加防範。

64

お百度を踏む
　百般央求。

尾鰭が付く
　被渲染誇張。被加油添醋。

尾鰭を付ける
　加油添醋。

帯を締める
　加小心。提高警惕。

オブラートに包む
　說話委婉含蓄。拐彎抹角地說。

おべっかを使う
　拍馬屁。獻殷勤。

覚えがめでたい
　受賞識。受到器重。

溺れる者は藁をも掴む
　病急亂投醫。垂死前的掙扎。

溺れるに及んで船を呼ぶ
　臨渴掘井。

お前百までわしゃ九十九まで
　你活一百我九十九。指夫妻和睦
　對語的情景。

おまけをつける
　誇大其詞。添枝添葉。

おまじないほど
　微乎其微。很少。一點點。

御見それした
　有眼不識泰山。

お迎えが来る
　行將就木。不久人世。

汚名をすすぐ
　洗刷污名。

お目が高い
　有眼光。

お眼鏡に適う
　受賞識。得到青睞。

お目が参る
（＝御目が行く、御目に入る）
　中意。看中。

お目こぼしをお願いします
　高抬貴手。

おめず臆せず
　毫不畏懼。

お

65

お目にかかる

拜會。見面。

お目にかける

給您看。

お目に止まる

被注意到。被看到。受賞識。

お目玉を頂戴する

（＝お目玉を食う）

受責備。受申斥。

おめでた

喜事。

おめでたい

傻瓜。

おめでた婚

有喜結婚。

おめでたくなる

死（俗）。完蛋。

思い内にあれば色外にあらわる

誠於中，行於外。

思いが叶う

得償所願。如願以償。稱心。

思い立つ日が吉日

擇日不如撞日。日日是好日。

思い半ばにすぎる

可想而知。感慨萬分。

思いもつかない

出乎意料之外。

思いも寄らない

萬沒想到。意想不到。出乎意
料。

思いを致す

想到（一般用於聯想對象時空距
離較遠的時候）。

思いを掛ける

迷戀。執著。讓…掛念、擔心。

思いを焦がす

苦心焦慮。熱戀。

思いを遂げる

如願以償。遂心。

思いを馳せる

（對遠方的人事物）懷念。想
念。

思いを晴らす

雪恨。得償所願。

思い寄せる

愛慕。戀慕。嚮往。

思いをやる

想到。想起。將心比心。

思う事言わねば腹ふくる

不吐不快。

思う壺

預期的結果。所預料的。

思う壺にはまる

正中下懷。

思う中のつづりいさかい

打是情、罵是愛。

思う念力岩をも通す

精誠所至，金石爲開。

思えば思わるる

待人親切，別人也會親切待你。

面影に立つ

浮現在眼前。

（…に）重きを置く

把重點放在…上。重視。

重きをなす

居重要地位。受重視。爲…的中心。

玩具にする

戲弄。調戲。玩弄。

玩具箱をひっくり返したよう

亂哄哄。喧鬧不休。亂七八糟。

表看板にする

以…爲幌子。

面つれなし

恬不知恥。

おもてなし

款待。

表に立つ

公開活動。

面も振らず

專心致志。埋頭苦幹。聚精會神。

表を繕う

做表面工夫。裝飾門面。

重荷を下ろす（＝肩の荷が下りる）

卸下重擔。

重荷を持つとも大食するな

　過食較負重更傷身體。

思惑が外れる

　事與願違。期待落空。

思わず知らず

　不由自主。不知不覺。

思わせ振りを言う

　話中有話。

親思う心に勝る親心

　父母疼孩子勝過孩子愛父母。

親が親なら子も子

　有其父必有其子。

親に目なし

　兒子總是自己的好。

親に似ぬ子は鬼子

　沒有孩子不像父母的。

親の甘いは子に毒薬

　愛之適足以害之。

親の意見と茄子の花は千に一つもあ
だはない

　天下無不是的父母。

親の意見と冷酒は後で利く

　不聽老人言吃虧在眼前。

親の威光を笠に着る

　依仗父母的勢力。

親の因果が子に報う

　父債子償。貽害子孫。

親の恩より師の恩

　師恩重於父母恩。

親の頸に縄をかける

　連累父母。

親の心子知らず

　子女不知父母心。

親のすねかじり

　無法獨立生活，仍仰賴父母親的
　人。啃老族。

親の光が七光り

　父母之恩深似海。父母庇蔭。

親の欲目

　孩子是自己的好。

親はなくとも子は育つ

　車到山前必有路。沒有父母，子
　女也會長大。

68

親船に乗ったよう
安心。放心。

お山の大将
井底之蛙。

親ほど親思え
念雙親如雙親念己。

泳ぎ上手は川で死ぬ
擅泳者溺。

親も親なり子も子なり
有其父必有其子。

及ばぬは猶過ぎたるに勝れり
不及猶勝於過。

親方日の丸
老闆是國家（諷刺國營企業不怕破產而不思上進）。

及び腰になる
退縮。想逃避。

親苦子楽孫乞食
富不過三代。

お呼びでない
不需要。沒有用。

親子は一世
父子一代親。

及びも付かぬ
望塵莫及。比不上。

おやじバンド
指由中年男性所組成的業餘搖滾樂團。

折紙付き
打包票。掛保證。早有定評。

お安い御用
易如反掌（用於答應別人時）。

折に触れて
偶而。碰到機會。興之所至。

お安くない
（男女間）有不尋常的關係。

折もあろうに
偏偏在這時候。

親擦れより友擦れ
朋友的影響大於父母。

折も折とて
偏巧。偏不湊巧。

折を見て

69

找機會。伺機而動。

お留守になる
不在家。該做的事沒在做。

折れるより曲がれ
好死不如賴活。

俺お前の間柄
稱兄道弟的朋友。

俺が俺が
想出風頭。自我中心。

終わりよければすべてよし
編筐織簍，全在收口。結局好則萬事大吉。

終わりを全うする
善始善終。堅持到最後。

恩に着せる
硬要別人領情。自以為施恩於人。

恩に着る
感恩。感激。

恩を仇（＝恩を仇で返す）
恩將仇報。以怨報德。

恩を売る
賣人情。要人感恩。

恩を知る者は少なく恩をきる者は多し
受恩者多，感恩者少。

温厚篤実
溫厚老實

温故知新
溫故知新。

御曹子
名門的子弟。公子哥兒。

音吐朗朗
聲音宏亮。

音頭を取る
發起。帶頭唱。

女心と秋の空
女人的心善變。

女賢しくして牛売り損なう
女人聰明反壞大事。

女三人寄れば姦しい
三個女人等於一個菜市場。三個婆娘鬧翻天。

<ruby>女<rt>おんな</rt></ruby>になる
已經不是處女。

<ruby>女<rt>おんな</rt></ruby>の<ruby>一念<rt>いちねん</rt></ruby><ruby>岩<rt>いわ</rt></ruby>をも<ruby>通<rt>とお</rt></ruby>す
女人固執非常。

<ruby>女<rt>おんな</rt></ruby>の<ruby>腐<rt>くさ</rt></ruby>ったよう
娘娘腔。沒有男子氣概。

<ruby>女<rt>おんな</rt></ruby>の<ruby>知恵<rt>ちえ</rt></ruby>は<ruby>鼻<rt>はな</rt></ruby>の<ruby>先<rt>さき</rt></ruby>
女人目光短淺。

<ruby>女<rt>おんな</rt></ruby>は<ruby>氏<rt>うじ</rt></ruby>なくて<ruby>玉<rt>たま</rt></ruby>の<ruby>輿<rt>こし</rt></ruby>に<ruby>乗<rt>の</rt></ruby>る
女人就算出身不好，只要貌美也可以釣到金龜婿。

<ruby>女<rt>おんな</rt></ruby><ruby>三界<rt>さんがい</rt></ruby>に<ruby>家<rt>いえ</rt></ruby>なし
女人一生需遵守三從，因此在世界上沒有安身之處。

<ruby>女<rt>おんな</rt></ruby>は<ruby>化<rt>ば</rt></ruby>け<ruby>物<rt>もの</rt></ruby>
女人只要打扮，醜女也可變美女。女人是魔鬼。

<ruby>女<rt>おんな</rt></ruby>を<ruby>拵<rt>こしら</rt></ruby>える
有情婦。有外遇。

<ruby>女<rt>おんな</rt></ruby>を<ruby>知<rt>し</rt></ruby>る
男人第一次與女性發生關係。

<ruby>乳母<rt>おんば</rt></ruby><ruby>日傘<rt>ひがさ</rt></ruby>
嬌生慣養。

<ruby>負<rt>お</rt></ruby>んぶすれば<ruby>抱<rt>だ</rt></ruby>っこという
得寸進尺。

<ruby>負<rt>お</rt></ruby>んぶに<ruby>抱<rt>だ</rt></ruby>っこ
什麼事都依賴別人。

おんぼろ
破爛。

<ruby>温良恭倹譲<rt>おんりょうきょうけんじょう</rt></ruby>
溫良恭儉讓。

か

我が強い
> 堅持己見，不聽人勸。固執。

蚊の鳴くような声
> 微弱的聲音。

カーボンオフセット
> 碳抵銷（carbon offset）。

飼い犬に手を噛まれる
> 恩將仇報。養虎爲患。

貝殻で海をはかる
> 以蠡測海。見識短淺。

骸骨を乞う
> 辭職。求去。

快哉を叫ぶ
> 擊掌稱快。高興極了。

甲斐性のある
> 有志氣的。要強的。能幹的。

甲斐性のない
> 懶惰的。沒有出息的。不長進的。無用的。

楷書書かねば手書きでない　書いた物が物を言う
> 白紙黑字。證據確鑿。

鎧袖一触
> 輕取對手。

会心の笑みを漏らす
> 露出滿意的微笑。

書いた物が物を言う
> 空口無憑。白紙黑字。

咳唾珠を成す
> 出口成章。咳唾成珠。

快刀乱麻を断つ
> 快刀斬亂麻。

飼い養う犬も主を知る
> 豢養的狗尚知主人恩

隗より初めよ
> 凡事從己身做起。

偕老同穴
> 白頭偕老。

顧みて他を言う
_{かえり} _た _い

顧左右而言他。

蛙の行列
_{かえる} _{ぎょうれつ}

冒失。一群冒失鬼。

蛙の子は蛙
_{かえる} _こ _{かえる}

龍生龍、鳳生鳳，老鼠的兒子會
打洞。有其父必有其子。

蛙の面に水
_{かえる} _{つら} _{みず}

滿不在乎。毫不介意。無動於
衷。

顔が合わせられない
_{かお} _あ

沒臉見人。

顔が売れる
_{かお} _う

有名望。出名。

顔が利く
_{かお} _き

面子很大。吃得開。

顔がそろう
_{かお}

人員全到齊了。

顔が立つ
_{かお} _た

保全顏面。臉上有光。

顔が潰れる
_{かお} _{つぶ}

羞到再也沒臉見人。

顔がひろい
_{かお}

交遊廣。

顔から火が出る
_{かお} _ひ _で

（＝顔に紅葉を散らす）
_{かお} _{もみじ} _ち

羞得臉滿臉通紅。

顔に朱を注ぐ
_{かお} _{しゅ} _{そそ}

（用力時）滿臉通紅。

顔に泥を塗る（＝顔を汚す）
_{かお} _{どろ} _ぬ _{かお} _{よご}

讓他人面子掛不住。敗壞他人名
譽。丟臉。

顔を貸す
_{かお} _か

為人出面。應約到場

顔を曇らせる
_{かお} _{くも}

面色凝重。面帶愁容。

顔を拵える（＝顔を作る）
_{かお} _{こしら} _{かお} _{つく}

化妝。

顔を立てる
_{かお} _た

給面子。

顔を出す
_{かお} _だ

露面。出席。

顔をつなぐ
_{かお}

點頭之交。

顔を綻ばせる

笑顔逐開。眉開眼笑。

顔色をうかがう

看人臉色。

顔色を見る

察言觀色。看人臉色。

顔向けができない

沒臉見人。

かかってこい

放馬過來。

踵で頭痛病む

為無關之心煩憂。多管閒事。

鏡にかけて見るが如し

昭然若揭。

輝くもの必ずしも金ならず

金玉其中，敗絮其中。

かかり負け

得不償失。划不來。

垣に耳

隔牆有耳。

鍵の穴から天のぞく

以管窺天。

鍵っ子

鑰匙兒童。

餓鬼の目に水見えず

被欲望蒙蔽雙眼，看不到想要的
東西就在身邊。

餓鬼も人数

人多智廣。人多力量大。

蝸牛角上の争い

蝸角之爭。喻為瑣碎的事，作無
益的爭執。

限りを尽くす

極盡…之能事。…到了極點。

垣を作る

製造隔閡。

核家庭

小家庭。

学者の取った天下なし

學者治不了國。

学者バカ

書呆子。

75

核心をつく

切中要害。抓住問題的本質。

隠すより現わるはなし

（＝隠れたるより露るるはなし）

欲蓋彌彰。

学問に近道なし

求學無捷徑。

楽屋裏を覗く

知道內幕。

楽屋から火を出す

內鬨。自找麻煩。

楽屋で声を嗄らす

勞而無功。費力不討好。

隠れもない

掩蓋不住的。

駆け馬に鞭

快馬加鞭。

かけがえのない

無可取代的。絕無僅有的。

影が薄い

奄奄一息。沒有存在感。

影が差す

出現惡兆。

影の形に従うが如し

如影隨形。形影不離。

影も形もない

無影無蹤。

影を落とす

蒙上陰影。

影を隠す

藏起來。不露面。

影を潜める

銷聲匿跡。

かげ口をたたく

背後罵人。

駆け出し

新手。生手。少閱歷，無經驗的人。

陰で糸を引く

在背後操縱。

陰で舌を出す

當面奉承，背後恥笑。

陰に居て枝を折る

　恩將仇報。忘恩負義。

陰になり日向になり

　明裡暗裡（幫助某人）。

陰に回る

　私底下。躲到背後。

掛け値なし

　貨眞價實。不折不扣。

陰日向がある

　表裡不一。陽奉陰違。

欠けらもない

　絲毫沒有。

駕篭かき駕籠に乗らず

　爲人做嫁。

籠で水を汲む

　竹籃打水一場空。徒勞無功。

籠に乗る人かつぐ人

　社會成於同心協力。

籠の中の鳥

　籠中之鳥。

風穴を開ける

　身體被槍或刀開一個洞。（爲封閉的組織）注入新活力。

風上にも置けない

　臭不可聞。

風口の蝋燭

　風中殘燭。

嵩にかかる

　盛氣凌人。

笠に着る

　狐假虎威。依仗…的勢力。

笠の台が飛ぶ

　被斬首。被革職。

風向きが悪い

　情況不妙。情勢不利。風頭不對。

傘屋の小僧

　吃力不討好。

火事あとの釘拾い

　大浪費後的小節約。丟了西瓜撿芝麻。

火事あとの火の用心

　火災後的防火。亡羊補牢。

火事場泥棒
<ruby>火<rt>か</rt></ruby><ruby>事<rt>じ</rt></ruby><ruby>場<rt>ば</rt></ruby><ruby>泥棒<rt>どろぼう</rt></ruby>

趁火打劫。

頭動かねば尾が動かぬ
<ruby>頭<rt>かしら</rt></ruby><ruby>動<rt>うご</rt></ruby>かねば<ruby>尾<rt>お</rt></ruby>が<ruby>動<rt>うご</rt></ruby>かぬ

上行下效。

臥薪嘗胆
<ruby>臥薪嘗胆<rt>がしんしょうたん</rt></ruby>

臥薪嘗膽。

佳人薄命
<ruby>佳人薄命<rt>かじんはくめい</rt></ruby>

紅顔薄命。

数でこなす
<ruby>数<rt>かず</rt></ruby>でこなす

薄利多銷。

霞に千鳥
<ruby>霞<rt>かすみ</rt></ruby>に<ruby>千鳥<rt>ちどり</rt></ruby>

不相稱。不合適。

霞を食う
<ruby>霞<rt>かすみ</rt></ruby>を<ruby>食<rt>く</rt></ruby>う

喝西北風。

風当りが強い
<ruby>風当<rt>かぜあた</rt></ruby>りが<ruby>強<rt>つよ</rt></ruby>い

受到抨擊。風壓強。

風が吹けば桶屋が喜ぶ
<ruby>風<rt>かぜ</rt></ruby>が<ruby>吹<rt>ふ</rt></ruby>けば<ruby>桶屋<rt>おけや</rt></ruby>が<ruby>喜<rt>よろこ</rt></ruby>ぶ

大風起桶匠喜（期待意外）。

稼ぐに追いつく貧乏なし
<ruby>稼<rt>かせ</rt></ruby>ぐに<ruby>追<rt>お</rt></ruby>いつく<ruby>貧乏<rt>びんぼう</rt></ruby>なし

勤勞的人不受窮。勤則不匱。

風の便り
<ruby>風<rt>かぜ</rt></ruby>の<ruby>便<rt>たよ</rt></ruby>り

無風起浪。風聞。

風の前の塵
<ruby>風<rt>かぜ</rt></ruby>の<ruby>前<rt>まえ</rt></ruby>の<ruby>塵<rt>ちり</rt></ruby>

世事如風前塵。

風は吹けども山は動かず
<ruby>風<rt>かぜ</rt></ruby>は<ruby>吹<rt>ふ</rt></ruby>けども<ruby>山<rt>やま</rt></ruby>は<ruby>動<rt>うご</rt></ruby>かず

不動如山。

風を喰らう
<ruby>風<rt>かぜ</rt></ruby>を<ruby>喰<rt>く</rt></ruby>らう

聞風而逃。

風邪は百病の元
<ruby>風邪<rt>かぜ</rt></ruby>は<ruby>百病<rt>ひゃくびょう</rt></ruby>の<ruby>元<rt>もと</rt></ruby>

感冒是百病之源。

風見て帆を使え
<ruby>風見<rt>かぜみ</rt></ruby>て<ruby>帆<rt>ほ</rt></ruby>を<ruby>使<rt>つか</rt></ruby>え

見風使帆。見機行事。

片足を棺桶につっこんでいる
<ruby>片足<rt>かたあし</rt></ruby>を<ruby>棺桶<rt>かんおけ</rt></ruby>につっこんでいる

土埋半截。行將就木。

固い木は折れる
<ruby>固<rt>かた</rt></ruby>い<ruby>木<rt>き</rt></ruby>は<ruby>折<rt>お</rt></ruby>れる

太剛則折。

肩上げを取れる
<ruby>肩上<rt>かたあ</rt></ruby>げを<ruby>取<rt>と</rt></ruby>れる

長大成人。成年。

片足を突っ込む
<ruby>片足<rt>かたあし</rt></ruby>を<ruby>突<rt>つ</rt></ruby>っ<ruby>込<rt>こ</rt></ruby>む

跨進一半。一腳跨入。涉及。

片意地を張る
<ruby>片意地<rt>かたいじ</rt></ruby>を<ruby>張<rt>は</rt></ruby>る

意氣用事。固執己見。

肩代わりする

　為人承擔責任、債務。

肩が軽くなる

　卸下重擔。

肩書きがものを言う

　有地位的人吃得開。

肩が凝る

　肩膀僵硬。緊張。困窘。拘束。

片がつく

　得到解決。

肩が張る

　肩膀僵硬。拘束。

固く執って譲らない

　固執不讓。

肩透かしを食う

　期待落空。

固唾を呑む

　嚥口水。屏氣凝神。

形が付く

　成型。定型。像樣。

形を変える

改變原本的型態。

片手落ち

　不公平。偏祖。

肩で息をする

　呼吸急促。呼吸困難。

肩で風を切る

　趾高氣昂。走路有風。

肩の凝らない読物

　輕鬆的讀物。

肩の荷が下りる

　放下重任。

肩を入れる

　祖護。

肩を怒らせる

　盛氣凌人。

肩を落とす

　垂頭喪氣。

肩を貸す

　支援。幫助。

肩を竦める

　聳肩。

かた すぼ
肩を窄める

　瑟縮。畏縮。

かた たた
肩を叩く

　上司暗示部屬退休。

かた なら
肩を並べる

　並肩。並駕齊驅。

かた ぬ
肩を抜く

　離開工作。逃避責任。

かた は
肩を張る

　囂張跋扈。

かた も
肩を持つ

　支持。偏祖。

かた
片をつける

　解決。了結。

かたな お やっ
刀折れ矢尽きる

　彈盡援絕。

かたな ほとけ
刀をすてて、たちどころに仏となる

　放下屠刀，立地成佛。

かたみ せま
肩身が狭い

　無地自容。

かた お
語るに落ちる

　不打自招。

かた た
語るに足る

　值得一提。

ガチ

　認眞。

か じょう
勝ちに乗ずる

　趁勝追擊。

か ぼし あ
勝ち星を挙げる

　得勝。取勝。

か ぼし ひろ
勝ち星を拾う

　險勝。

か ひろ
勝ちを拾う

　僥倖取勝。

か ちゅう くり ひろ
火中の栗を拾う

　火中取栗。喻爲他人的利益，伸手做作困難的事。

か く
かちんと来る

　引人反感。

かつおぶし ねこ あず
鰹節を猫に預ける

　明知故犯。引狼入室。

かっこうが付く

打理體面。成體統。

かっこう付ける
擺架子。

渇して井をうがつ
臨渴掘井。

渇しても盗泉の水を飲まず
寧渴不飲盜泉之水。喻不做不正當的行爲。

かったいのかさうらみ
五十步笑百步。喻人的嫉妒心強。

勝って兜の緒を締めよ
勝利後仍要提高警覺。勝不驕。

勝手がよい
方便。

勝手が悪い
不方便。

勝手が分からない
人生地不熟。生疏。

買って出る
自告奮勇。

勝手な熱を吹く
大吹大擂。信口開河。

勝手を知る
熟悉。

合点が行かない
不能理解。

河童に水泳を教える
班門弄斧。

河童の川流れ
善泳者溺。

河童の屁
沒什麼了不起。易如反掌。

恰幅がよい
身材魁武。儀表堂堂。

勝つも負けるも時の運
輸贏天註定。

活路を開く
開闢活路。

渇を癒やす
如願以償。解渴。

活を入れる

救活。打氣。振奮。

家庭サービス型

以家庭或家族爲中心生活的男人。

勝てば官軍　負ければ賊軍

勝者爲王，敗者爲寇。

我田引水

肥水不流外人田。

瓜田に履を納れず

瓜田不納履。

角が立つ

得罪人。說話有稜角，不圓滑。

角が取れる

性格隨著年齡和經驗而變得圓滑。和藹。沒脾氣。

角番に立つ

處於決定勝負的關鍵時刻。

門松は冥途の旅の一里塚

歲月不待人。

鼎の軽重を問う

問鼎之輕重。推翻權威，取而代之。

金轡を嵌める

用錢堵嘴。

悲しい時は身一つ

有困難時只能靠自己。

金縛りにあう

被鬼壓床。爲錢所困。

金縛りにあったよう

動彈不得。

金火箸のように痩せている

骨瘦如柴。

金棒を引く

到處散播謠言。

金槌の川流れ

永無出頭之日。

がなり立てる

大聲嚷。怒叫。

叶わぬ時の神頼み

臨時抱佛腳。

蟹の甲より年の劫

薑是老的辣。

蟹は甲に似せて穴を掘る

量力而爲。

かに あなはい
蟹の穴入り

　驚慌失措。倉皇逃竄。

かに よこば
蟹の横這い

　自得其樂。

かね う　　　　　　　　ひと う
金請けはするとも人請けはするな

　寧爲貸款之保證人，勿爲他人做

　保證人。

かね　　　　ば か　だん な
金があれば馬鹿も旦那

　錢能藏絀。

かね　　もの　い
金が物を言う

　有錢能使鬼推磨。

かね ぐ　　やく
金繰り役

　籌措款項的人或任務。

かね
金づる

　凱子。

かね　　つら　は
金で面を張る

　以財力使人屈服。

かね　あ
金に飽かす

　不惜成本。不惜重金。

かね　いと め　　つ
金に糸目を付けぬ

揮土如金。

かね　おや こ きょうだい
金に親子兄弟なし

　親兄弟明算帳。

かね
金になる

　能賺錢。

かね　　　　き
金のなる木

　搖錢樹。

かね　き　め　　えん　き　め
金の切れ目が縁の切れ目

　錢盡緣分斷。

かね　わらじ　たず
金の草鞋で尋ねる

　不辭辛勞地尋找。

かねばな
金離れがいい

　大方。捨得花錢。

かね　　てん か　まわ
金は天下の廻りもの

　貧富輪流轉。

かねまわ
金回りがよい

　手頭寬裕。經濟情況好。

かね も　　かねつか
金持ち金使わず

　有錢人吝嗇。

かね も　　けん か
金持ち喧嘩せず

　有錢人不會爲了小事爭執。

83

かね も びんぼうにん びんぼうにん かね も
金持ちの貧乏人　貧乏人の金持ち

不知足雖富如貧。知足則雖貧如
富。

かばん も
鞄持ち

秘書的輕蔑語。

かび
黴がはえる

發霉。過於陳腐。

か ふう た
下風に立つ

處於劣勢。居於下風。

かぶ あ
株が上がる

對……的評價上昇。聲譽高漲。

かぶ まも うさぎ ま
株を守りて兎を待つ

守株待兔。

か ふく あざな なわ ごと
禍福は糾える縄の如し

禍分福所依。福分禍所伏。

かぶと ぬ
冑を脱ぐ

甘拜下風。

かぶと み す
冑を見透かされる

被人窺破秘密。

かぶり ま
頭する間

轉瞬間。

かべ みみ しょうじ め
壁に耳あり障子に目あり

隔牆有耳，隔窗有目。

かべ つ あ
壁に突き当たる

遇到瓶頸。

か ほう ね ま
果報は寝て待て

有福不用忙。無福跑斷腸。

かまとと

（大阪方言）明知故問。假裝不
懂。

かまをかける

旁敲側擊。

かみ ご き かわ は
紙子着て川へ嵌まる

冒失。

かみしも き ぬすびと
裃を着た盗人

貪官污吏。

かみしも き
裃を着る

拘泥形式的。過於拘禮節的。

かみ み し よし
神ならぬ身の知る由もなし

凡人無法知道。

かみなり お
雷を落とす

大聲斥責。

神は自ら助くる者を助く

　天助自助者。

我武者羅

　有勇無謀。

亀の甲より年の功

　年高有德經驗多。薑是老的辣。

鴨が葱を背負って来る

　喜從天降。諸事如意。

可もなく不可もなく

　無可無不可。

痒い所に手が届く

　體貼入微。（照顧的）無微不
　至。

痒くも痛くもない

　不痛不癢。不介意。

空元気

　虛張聲勢。假勇氣。

烏の行水

　快速沐浴。洗戰鬥澡。

ガラス張り

　光明正大。

体を張る

　豁出身子來拼命幹。

空念仏

　沒有實行的主張。

借着より洗い着

　借衣服穿，不如穿自己洗過的衣
　服。

ガリ勉

　只顧讀書，心無旁鶩。

画龍点睛を欠く

　不完全。

狩人罠にかかる

　自作自受。

枯木に花

　枯木逢春。

枯れ木も山のにぎわい

　聊勝於無。

かれた花を持たせる

　讓他露臉。

彼を知り己を知れば百戦あやうから
ず

　知己知彼，百戰不殆。

夏炉冬扇
夏爐冬扇。不合時宜的無用物品。

川をくだる
順流而下。

川をさかのぼる
逆流而上。

川を渡りて舟を焼く
渡河燒船。破釜沈舟。

可愛さ余って憎さ百倍
愛之深責之切。

可愛子ちゃん
（娃娃臉的）可愛的年輕人。

可愛い子には旅をさせよ
愛孩子就要讓他出外見世面。

川口で船を破る
功虧一簣。

皮引けば身が痛い
唇亡齒寒。

川向こうの火事（＝対岸の火事）
隔岸觀火。

瓦となって全からんよりは玉となって砕けよ
寧爲玉碎，不爲瓦全。

瓦も磨けば玉となる
廢鐵煉成鋼。勤能補拙。

皮を切らせて肉を切れ
損失小而斬獲大。

勘がいい
第六感（靈機）敏銳。理解力強。

考えが浅い
見識短淺。

勧学院の雀は蒙求をさえずる
耳濡目染。

雁が飛べば石亀も地団駄
自不量力。東施效顰。

かんかんに怒る
大發雷霆。

雁木に鑢
被剝兩層皮。

顔黒ギャル
109辣妹。

86

勘ぐる

猜測。猜疑。

甘言に乗る

甜言蜜語誘人。受騙。

諫言耳に逆らう

忠言逆耳。

眼光紙背に徹す

明辨慎思。

閑古鳥が鳴く

非常荒涼。門可羅雀。

勘に障る

傷害感情。

かんしゃく持ちの事破り

小不忍則亂大謀。

勘定合って銭足らず

計畫的很好，但無力實行。

感心上手の行い下手

只會稱讚別人，卻不自己實行。
誇人不學人。

韓信の股くぐり

好漢不吃眼前虧。

勧善懲悪

勸善懲惡。

勘違い

誤會。認錯。想錯。

噛んで吐き出すように言う

惡言惡語的說。

噛んで含めるように教える

諄諄教誨。詳加解釋。

肝胆相照らす

肝膽相照。

邯鄲の夢

邯鄲之夢。

肝胆を砕く

絞盡腦汁。

眼中人なし

目中無人。

干天の慈雨

久旱逢甘霖。

艱難汝を玉にす

艱難使你得到鍛鍊。百錬成鋼，
玉不琢不成器。

87

堪忍袋の緒が切れる

忍無可忍。

癇の虫がおさまる

息怒。

間髪を容れず

間不容髮。立即。

汗馬の労

汗馬功勞。

頑張り屋

拼命幹的人。勤勉家。

看板にいつわりなし

表裡一致。名副其實。言行一致。

看板にする

作為招牌。作為幌子。

看板を塗り替える

改變政策。

管鮑の交わり

管鮑之交。

歓楽極まりて哀情多し

樂極生悲。

貫禄

有威嚴。有份量。

棺をおおいて論定まる（＝棺を覆って事定まる）

蓋棺論定。

管を以て天を窺う

以管窺天。

巻を開けば益あり

開卷有益。

冠をかく

掛冠求去。辭職。

き

気_きがある
> 有意。有意思。

気_きが多_{おお}い
> 花心。見異思遷。

気_きが利_ききすぎて間_まが抜_ぬける
> 聰明反被聰明誤。

気_きが利_きく
> 聰明。

気_きが気_きでない
> 焦慮不安。

気_きが腐_{くさ}る
> 氣餒。沮喪。

機_きが熟_{じゅく}する
> 時機成熟。

気_きが進_{すす}まぬ
> 不高興。不願意。

気_きがすむ
> 心安理得。

気_きがする
> 覺得。

気_きが散_ちる
> 不專心。

気_きが抜_ぬける
> 鬆一口氣。失魂落魄。無精打
> 采。（飲料）走味。

気_きが早_{はや}い
> 性急。

気_きが引_ひける
> 不好意思。羞愧。慚愧。

気_きが揉_もめる（＝気_きを揉_もむ）
> 擔心。焦慮。

気_きで気_きを病_やむ
> 庸人自擾。

気_きに入_いる
> 中意。滿意。

気_きにかかる
> 擔心。

89

気にする

　介意。放在心上。

気になる

　在意。放心不下。想做。

機に臨み変に応ず（＝臨機応変）

　隨機應變。

気に病む

　擔心。煩惱。

気の置けない

　知心。推心置腹。

気の所為

　心理作用。神經過敏。

気の抜けたような顔

　失魂落魄。

気は心

　略表寸心。聊表心意。

軌を一にする（＝揆を一にする）

　同出一轍。

気を配る

　注意。留神。

気を使う

費心機。勞神。操心。

気を呑まれる

　被（對方）嚇倒。懾伏。

気を吐く

　揚眉吐氣。

気を引く

　引誘。刺探心意。

気を回す

　猜疑。多心。

気を揉む

　煩憂著急。

木から落ちた猿

　一時失手。出水之魚。

木で鼻をくくる

　冷淡回應。

木に竹を接ぐ

　語不銜接。（事物前後）不協調。不貫串。勉強附會。牛頭不對馬嘴。

木にも草にも心を置く

　草木皆兵。

木に縁りて魚を求む

　縁木求魚。

木の実は元へ

　萬象歸宗。

木を見て森を見ず

　見樹不見林。

義を見てせざるは勇無きなり

　見義不爲者無勇也。

聞いた百より見た一つ

　（＝百聞は一見にしかず）

　百聞不如一見。

聞いて極楽見て地獄

　耳聞是虛，眼見是實。見景不如
　聽景。

気炎を吐く（＝気をあげる）

　大吹大擂。大放厥詞。

奇貨居くべし

　奇貨可居。

気軽ければ病軽し（＝病は気から）

　病由心起。

危機一髪

千鈞一髪。

聞き上手の話下手

　會聽不會說。

魏魏として聳ゆ

　巍然聳立。

危機を孕む

　危機四伏。

聞くは一時の恥　聞かぬは末代の恥

　求教是一時之恥，不問乃終身之
　羞。

聞くは法楽

　何樂而不聞。

聞けば聞腹

　（不聽則已）一聽就一肚子氣。

聞けば気の毒　見れば目の毒

　耳不聽心不煩。眼不見口不饞。

騎虎の勢い

　騎虎之勢。

気心が知れる

　知心。

気障

き

令人不快。

ギザ

太過於、非常的。

ギザカワユス

非常的可愛。

雉の隠れ

藏頭不藏尾。

雉も鳴かずば打たれまい

禍從口出。

机上の空論

紙上談兵。

疑心暗鬼を生ず

疑心生暗鬼。

傷あとがなおると痛さを忘れる

好了傷疤忘了痛。

傷口に塩

傷口灑鹽。痛上加痛。喻禍不單行。

機先を制する

先發制人。

奇想天外より落つ

異想天開。

驥足を展ばす

展驥足。喻爲卓越之士充分發揮才能。

来るものは拒まず、去るものは追わず

來者不拒，去者不追。

忌憚なく言う

直言不諱。

気違いに刃物

瘋子操刀。非常危險。

きっかけ

開端。動機。機會。

狐と狸のだましあい

爾虞我詐。

狐虎の威を藉る

狐假虎威。

狐に撮まれたよう

被狐狸迷住了一樣。如墜五里霧中。

狐の子は頬白

有其父必有其子。

狐を馬に乗せたよう
<ruby>狐<rt>きつね</rt></ruby>を<ruby>馬<rt>うま</rt></ruby>に<ruby>乗<rt>の</rt></ruby>せたよう

根基不穩。搖搖欲墜。

気っ風がいい
<ruby>気<rt>き</rt></ruby>っ<ruby>風<rt>ぷ</rt></ruby>がいい

大方。

気取る
<ruby>気<rt>き</rt></ruby><ruby>取<rt>ど</rt></ruby>る

模仿。裝模作樣。矯飾。

気長な話
<ruby>気<rt>き</rt></ruby><ruby>長<rt>なが</rt></ruby>な<ruby>話<rt>はなし</rt></ruby>

曠日費時。

気長に待つ
<ruby>気<rt>き</rt></ruby><ruby>長<rt>なが</rt></ruby>に<ruby>待<rt>ま</rt></ruby>つ

耐心等待。

杵で頭を剃る
<ruby>杵<rt>きね</rt></ruby>で<ruby>頭<rt>あたま</rt></ruby>を<ruby>剃<rt>そ</rt></ruby>る

用杵剃頭。做不到的事。

杵であたり、杓子であたる
<ruby>杵<rt>きね</rt></ruby>であたり、<ruby>杓<rt>しゃく</rt></ruby><ruby>子<rt>し</rt></ruby>であたる

這也不是，那也不是（吹毛求疵）。

昨日の友が今日の怨
<ruby>昨日<rt>きのう</rt></ruby>の<ruby>友<rt>とも</rt></ruby>が<ruby>今日<rt>きょう</rt></ruby>の<ruby>怨<rt>あだ</rt></ruby>

昨日的朋友變成了今日的敵人。

昨日の敵は今日の友
<ruby>昨日<rt>きのう</rt></ruby>の<ruby>敵<rt>てき</rt></ruby>は<ruby>今日<rt>きょう</rt></ruby>の<ruby>友<rt>とも</rt></ruby>

昨日的敵人變成了今日的朋友。

昨日の花は今日の塵
<ruby>昨日<rt>きのう</rt></ruby>の<ruby>花<rt>はな</rt></ruby>は<ruby>今日<rt>きょう</rt></ruby>の<ruby>塵<rt>ちり</rt></ruby>

昨日的鮮花今天變成土。喻盛衰無常。

昨日の淵は今日の瀬
<ruby>昨日<rt>きのう</rt></ruby>の<ruby>淵<rt>ふち</rt></ruby>は<ruby>今日<rt>きょう</rt></ruby>の<ruby>瀬<rt>せ</rt></ruby>

昨天是深淵，今天變成淺灘。榮枯無常之喻。

昨日は人の身　今日は我が身
<ruby>昨日<rt>きのう</rt></ruby>は<ruby>人<rt>ひと</rt></ruby>の<ruby>身<rt>み</rt></ruby>　<ruby>今日<rt>きょう</rt></ruby>は<ruby>我<rt>わ</rt></ruby>が<ruby>身<rt>み</rt></ruby>

昨天看到別人，今天輪到自己。

牙を噛む
<ruby>牙<rt>きば</rt></ruby>を<ruby>噛<rt>か</rt></ruby>む

咬牙切齒。

牙を鳴らす
<ruby>牙<rt>きば</rt></ruby>を<ruby>鳴<rt>な</rt></ruby>らす

咬牙。懊悔。

驥尾に付す
<ruby>驥<rt>き</rt></ruby><ruby>尾<rt>び</rt></ruby>に<ruby>付<rt>ふ</rt></ruby>す

附驥尾。沾光。

木仏金仏石仏
<ruby>木<rt>き</rt></ruby><ruby>仏<rt>ぶつ</rt></ruby><ruby>金<rt>かな</rt></ruby><ruby>仏<rt>ぶつ</rt></ruby><ruby>石<rt>いし</rt></ruby><ruby>仏<rt>ぼとけ</rt></ruby>

冷酷無情的人。

きまりが悪い
きまりが<ruby>悪<rt>わる</rt></ruby>い

羞恥。害羞。

気味がいい
<ruby>気<rt>き</rt></ruby><ruby>味<rt>み</rt></ruby>がいい

活該。報應不爽。

気脈を通じる
<ruby>気<rt>き</rt></ruby><ruby>脈<rt>みゃく</rt></ruby>を<ruby>通<rt>つう</rt></ruby>じる

串通。

きめつける

決定。下定論。指責。

鬼面人を威す
　用鬼臉嚇人。虛張聲勢。

キモい
　噁心。

肝が据わる
　膽子大。

肝に染む（＝肝に銘ず）
　銘記在心。

肝は大きく心は小さく持て
　膽大心細。

肝も興も醒む
　掃興。煞風景。

肝を煎る
　焦急。操心。

肝をつぶす
　嚇破膽。非常害怕。

肝を冷やす
　恐懼。提心吊膽。

脚光を浴びる
　引人注目。

杞憂

杞憂。自尋煩惱。

牛飲馬食
　大吃大喝。

汲汲
　孜孜不卷。一心一意。

九牛の一毛
　九牛一毛。喻多數中的少部份。

九死一生（＝九死に一生を得る）
　死裡逃生。

牛耳を執る
　執牛耳。掌握領導權。大權在握。

九仞の功を一簣に欠く
　爲山九仞，功虧一簣。

窮すれば通ず
　窮則變，變則通。

窮すれば濫す
　窮斯濫矣。人一旦困頓，道德就會敗壞。

窮鼠猫をかむ
　狗急跳牆。

窮鳥懐に入れば猟師も殺さず

　窮鳥入懷。仁人所憫。

窮余の一策

　窮途之策。

今日あって明日ない身

　前途難料。

今日か明日か

　這一兩天。滿心期盼。

行間を読む

　體會字裡行間的含意。

胸襟を開く

　推心置腹。

行住坐臥

　行住坐臥。日常的動作。

狂人に刃物

　瘋子操刀。危險萬分。

兄弟は他人の始まり

　兄弟不如父子親。

京都着倒れ　大阪食い倒れ

　京都人講究穿，大阪人講究吃。

京の夢　大阪の夢

　夢境變換無常。

今日なし得ることは明日まで延ばすな

　今日事今日畢。

京に田舎あり

　鬧市也有幽靜處。

今日の情けは明日の仇

　今日恩情明日仇。

今日は人の身　明日はわが身

　不可幸災樂禍。

器用貧乏

　樣樣通樣樣鬆。

御意に召す

　合您的心意。

玉石混交

　玉石混淆。

漁夫の利

　漁翁得利。

清水の舞台から飛び降りる

　下重大的決心。孤注一擲。

虚名久しく立たず

虚名不久立。

桐一葉（きりひとは）

　一葉知秋。

切り札（きりふだ）

　王牌。

器量がいい（きりょう）

　好看。漂亮。

器量より気前（きりょう・きまえ）

　容美不如心善。

器量を下げる（きりょう・さ）

　丟臉。失面目。

切りを付ける（きり・つ）

　告一段落。

麒麟児（きりんじ）

　麒麟兒。前途光明的年輕人。

麒麟も老いては駑馬に劣る（きりん・お・どば・おと）

　麒麟老矣，猶遜駑馬。

金を撒く（きん・ま）

　揮霍。揮金如土。

槿花一日の栄（きんかいちじつ・えい）

　槿花一日自爲榮。喻世間榮華皆

爲夢幻。

金言耳に逆らう（きんげんみみ・さか）

　忠言逆耳。

金山鉄壁（きんざんてっぺき）

　銅牆鐵壁。

琴瑟を鼓するが如し（きんしつ・こ・ごと）

　琴瑟合鳴。喻夫婦感情彌篤。

錦上に花を添える（きんじょう・はな・そ）

　錦上添花。

金時の火事見舞い（きんとき・かじみま）

　喝酒喝得臉紅頭脹。喻臉色通紅時。

勤勉は成功の母（きんべん・せいこう・はは）

　勤勉爲成功之母。

金蘭の契り（きんらん・ちぎ）

　金蘭之交。喻親密的朋友之誼。

く

苦あれば楽あり
人生有苦有樂。

苦にする
發愁。苦惱。

苦になる
苦悶。苦惱。

苦は楽の種
苦盡甘來。

愚にも付かない
愚蠢至極。太愚蠢。

愚の骨頂
愚蠢透頂。

株を守る
守株待兔。

食い止める
防止住。阻止住。

食いつく犬は吠え付かぬ
會咬人的狗不吠。

悔を千載に遺す
遺恨千古。

食うか食われるか
拼個你死我活。看誰勝誰負。

食うた餅より心持ち
禮輕情意重。

空中の楼閣
空中樓閣。喻不可能的事。

ぐうの音も出ない
一聲不響。

空腹にまずいものなし
飢不擇食。

食うや食わず
吃了上頓沒下頓。非常貧窮。

釘が利く
（申斥）有效。生效。

釘付けにする
釘上。釘住。

釘付けになる

　被釘住。

釘になる

　（手足）凍僵。凍硬。

釘の曲りは金槌で直せ

　釘子的彎曲要用錘子錘直。惡漢
　要用嚴厲的方法治。

釘を刺す（＝釘を打つ）

　（怕對方說了不算數）定死。說
　妥。叮嚀好。

愚公山を移す

　愚公移山。

臭い飯を食う

　坐牢。被羈押。

臭い物に蓋をする

　掩蓋壞事。遮掩醜事。家醜不可
　外揚。

臭い物見知らず

　看不見自己的缺點。

草木にも心を置く

　草木皆兵。

草木も靡く

　望風歸順。人所敬服。

草木も眠る丑三つ時

　萬籟俱寂的深更半夜。

草木も揺るがず

　太平。昇平。

腐っても鯛

　瘦死的駱駝比馬大。破船還有三
　斤釘。

草の根を分けて捜す

　仔細尋找。遍尋無遺。

草葉の陰

　九泉之下。

草野球

　非正式的棒球。

腐るほど

　比比皆是。多的是。

腐れ縁

　孽緣。惡緣。冤家。

愚者の百行より賢者の居眠り

　千人之諾諾，不如一士之諤諤。

愚者も一得

愚者千慮，必有一得。

薬九層倍（くすりくそうばい）

　賣藥是一本萬利。藥商利潤高。

薬にしたくもない（くすり）

　根本談不上。一點也沒有。

薬も過ぎれば毒となる（くすり す どく）

　藥吃太多也會有害。物極必反。

薬より養生（くすり ようじょう）

　保養勝於吃藥。

癖ある馬に能あり（くせ うま のう）

　有脾氣的人必有專長。

糞落着に落着く（くそおちつき おちつ）

　不慌不忙。

糞でも食らえ（くそ く）

　胡說。鬼扯（表輕蔑或強烈否定）。

糞も味噌も一緒（くそ みそ いっしょ）

　好壞不分。

糞骨が折れる（くそぼね お）

　費力不討好。

砕いて話す（くだ はな）

把話說清楚。

管を以て天を窺う（くだ もっ てん うかが）

　以管窺天。坐井觀天。

口裏あわせ（くちうら）

　套招。

口がうまい（くち）

　嘴巴甜。善於逢迎拍馬。善於哄騙。

口が重い（くち おも）

　寡言。說不出口。

口が固い（くち かた）

　口風很緊。守口如瓶。

口が軽い（くち かる）

　口風不緊。大嘴巴。

口が肥えている（くち こ）

　講究吃。

口が酸っぱくなる（くち す）

　苦口（相勸）。

口が滑る（くち すべ）

　失言。

口が減らない（くち へ）

頂嘴。強詞奪理。

口から生まれて口で果てる

張口神氣散，舌動是非生。

口から先に生まれる

能言善道。喋喋不休。

口から出れば世間

事情只要一說出口，就會眾所周知。

口では大阪の城も建つ

空口說白話最容易。

口が悪い

說話刻薄。嘴尖。

口に合う

合胃口。喜歡吃。

口に乗る

談論。被欺騙。

口は善悪の門　舌は禍の根

口是善惡門，舌為禍之根。

口は災いの元

禍從口出。

口火を切る

開端。起頭。

口たたきの手たらず

能說不能幹。

口と財布はしめるが得

口和錢都最好收緊。

口に風邪ひかす

空口說白話。廢話連篇。

口に関所はない

口無遮攔。

口に乗る

被談論。上當。受騙。

口にはいるものなら按摩の笛でも

口不擇食。喻饞嘴貪心。

口に蜜あり腹に剣あり

口蜜腹劍。

口は禍の門

禍從口出。

口も八丁手も八丁

既能說又能幹。

口をあんぐり開けている

目瞪口呆。

口を入れる

插嘴。斡旋。推薦。

口をきく

說話。

口を切る

打開密封的東西。第一個發言。

口をそろえる

異口同聲。

口を出す（＝口を挟む）

插嘴。多嘴。

口を噤む

噤口不言。

口を尖らせる

撅著嘴。（表示）不滿意。

口を拭う

若無其事。假裝不知。

口を濡らす（＝口を糊する）

糊口。勉勉強強維持生活。

口を割る

坦白。招供。

口車に乗る

聽信花言巧語而受騙。

口自慢の仕事下手

會說不會做。

嘴が黄色い

黃口小兒。乳臭未乾。

嘴を入れる

置喙。

嘴を鳴らす

喋喋不休。咬牙。

唇亡びて歯寒し

唇亡齒寒。

唇を反す

反唇相譏。憎罵。

唇を尖らす

發牢騷。

くちばしが黄色い

乳臭未乾。

愚痴を零す

發牢騷。

食ってかかる

極力爭辯。反駁。

轡を嵌める

贈賄以緘其口。

くどき文句

甜言蜜語。

国破れて山河あり

國破山河在。

苦杯をなめる

吃盡苦頭。慘遭滑鐵盧。

首が回らない

債臺高築。週轉不靈。

首ったけになる

被異性迷住。（爲愛）神魂顛倒。

首を傾げる

納悶。

首を突っ込む

投身。參與。

首を長くする

引頸期盼。

首を捻る

左思右想。百思不得其解。考慮。

首を切る（＝首にする）

開除。撤職。

組みし易い

好對付。不可怕。

雲に聳える

高入雲霄。

雲を霞と

蹤影俱無。無影無蹤。

雲を掴むよう

不著邊際。捕風捉影。撲朔迷離。

蜘蛛の子を散らすように逃げる

四散奔逃。

暗闇から牛を引き出したような

動作遲鈍的（人）。

暗闇に鉄砲を放つ

無的放矢。

苦しい時の神頼み

臨時抱佛腳。

暮れぬ先の提灯

多此一舉。

102

愚連隊
<ruby>愚<rt>ぐ</rt></ruby><ruby>連<rt>れん</rt></ruby><ruby>隊<rt>たい</rt></ruby>

　流氓。無賴之徒。

黒い霧
<ruby>黒<rt>くろ</rt></ruby>い<ruby>霧<rt>きり</rt></ruby>

　有不正的嫌疑。有不正的做法。

食わず嫌い
<ruby>食<rt>く</rt></ruby>わず<ruby>嫌<rt>ぎら</rt></ruby>い

　對沒吃過的東西或不了解的事
　情，毫無理由地感到厭惡。先入
　爲主。

群をぬく
<ruby>群<rt>ぐん</rt></ruby>をぬく

　出類拔萃。

君子危うきに近寄らず
<ruby>君<rt>くん</rt></ruby><ruby>子<rt>し</rt></ruby><ruby>危<rt>あや</rt></ruby>うきに<ruby>近<rt>ちか</rt></ruby><ruby>寄<rt>よ</rt></ruby>らず

　君子不近險地。好漢不吃眼前
　虧。

君子はその罪を憎んでその人を憎まず
<ruby>君<rt>くん</rt></ruby><ruby>子<rt>し</rt></ruby>はその<ruby>罪<rt>つみ</rt></ruby>を<ruby>憎<rt>にく</rt></ruby>んでその<ruby>人<rt>ひと</rt></ruby>を<ruby>憎<rt>にく</rt></ruby>まず

　君子憎其罪，而不憎其人。

君子は友を以て鏡とす
<ruby>君<rt>くん</rt></ruby><ruby>子<rt>し</rt></ruby>は<ruby>友<rt>とも</rt></ruby>を<ruby>以<rt>もっ</rt></ruby>て<ruby>鏡<rt>かがみ</rt></ruby>とす

　君子以友爲鏡。

君子は独りを慎む
<ruby>君<rt>くん</rt></ruby><ruby>子<rt>し</rt></ruby>は<ruby>独<rt>ひと</rt></ruby>りを<ruby>慎<rt>つつし</rt></ruby>む

　君子愼獨。

君子は豹変す
<ruby>君<rt>くん</rt></ruby><ruby>子<rt>し</rt></ruby>は<ruby>豹<rt>ひょう</rt></ruby><ruby>変<rt>へん</rt></ruby>す

　君子豹變。勇於改過。

君子は交わり絶ゆとも悪声を出さず
<ruby>君<rt>くん</rt></ruby><ruby>子<rt>し</rt></ruby>は<ruby>交<rt>まじ</rt></ruby>わり<ruby>絶<rt>た</rt></ruby>ゆとも<ruby>悪<rt>あく</rt></ruby><ruby>声<rt>せい</rt></ruby>を<ruby>出<rt>いだ</rt></ruby>さず

　君子交絕不出惡聲。

君子は和して同ぜず　小人は同じて和せず
<ruby>君<rt>くん</rt></ruby><ruby>子<rt>し</rt></ruby>は<ruby>和<rt>わ</rt></ruby>して<ruby>同<rt>どう</rt></ruby>ぜず　<ruby>小<rt>しょう</rt></ruby><ruby>人<rt>じん</rt></ruby>は<ruby>同<rt>どう</rt></ruby>じて<ruby>和<rt>わ</rt></ruby>せず

　君子和而不同，小人同而不和。

軍隊は数より精鋭をとうとぶ
<ruby>軍<rt>ぐん</rt></ruby><ruby>隊<rt>たい</rt></ruby>は<ruby>数<rt>かず</rt></ruby>より<ruby>精<rt>せい</rt></ruby><ruby>鋭<rt>えい</rt></ruby>をとうとぶ

　兵貴精不貴多。

群盲象を撫ず
<ruby>群<rt>ぐん</rt></ruby><ruby>盲<rt>もう</rt></ruby><ruby>象<rt>ぞう</rt></ruby>を<ruby>撫<rt>な</rt></ruby>ず

　群盲模象，無法通盤了解。

群羊を駆って猛虎を攻む
<ruby>群<rt>ぐん</rt></ruby><ruby>羊<rt>よう</rt></ruby>を<ruby>駆<rt>か</rt></ruby>って<ruby>猛<rt>もう</rt></ruby><ruby>虎<rt>こ</rt></ruby>を<ruby>攻<rt>せ</rt></ruby>む

　驅群羊攻猛虎。聯合許多弱國抵
　擋強國。

け

毛の末
<ruby>毛<rt>け</rt></ruby>の<ruby>末<rt>すえ</rt></ruby>

極少。微末。

毛の生えた物
<ruby>毛<rt>け</rt></ruby>の<ruby>生<rt>は</rt></ruby>えた<ruby>物<rt>もの</rt></ruby>

比較成熟的。比較好的。

毛を吹いて疵を求める
<ruby>毛<rt>け</rt></ruby>を<ruby>吹<rt>ふ</rt></ruby>いて<ruby>疵<rt>きず</rt></ruby>を<ruby>求<rt>もと</rt></ruby>める

吹毛求疵。

ゲイ

同性戀的。

芸は身につく
<ruby>芸<rt>げい</rt></ruby>は<ruby>身<rt>み</rt></ruby>につく

一藝在身。

芸は身を助ける
<ruby>芸<rt>げい</rt></ruby>は<ruby>身<rt>み</rt></ruby>を<ruby>助<rt>たす</rt></ruby>ける

黄金白銀，不如一技在身。藝能
養身。

鯨飲馬食
<ruby>鯨<rt>げい</rt></ruby><ruby>飲<rt>いん</rt></ruby><ruby>馬<rt>ば</rt></ruby><ruby>食<rt>しょく</rt></ruby>

鯨飲馬食。暴飲暴食。能吃能
喝。

桂馬の高あがり
<ruby>桂<rt>けい</rt></ruby><ruby>馬<rt>ま</rt></ruby>の<ruby>高<rt>たか</rt></ruby>あがり

爬得高則跌得重。

形影相伴う
<ruby>形影相伴<rt>けいえいあいともな</rt></ruby>う

形影不離。

謦咳に接する
<ruby>謦<rt>けい</rt></ruby><ruby>咳<rt>がい</rt></ruby>に<ruby>接<rt>せっ</rt></ruby>する

和尊敬的人見面。親聆雅教。

鶏群の一鶴
<ruby>鶏<rt>けい</rt></ruby><ruby>群<rt>ぐん</rt></ruby>の<ruby>一<rt>いっ</rt></ruby><ruby>鶴<rt>かく</rt></ruby>

鶴立雞群。

経験は知識の母
<ruby>経<rt>けい</rt></ruby><ruby>験<rt>けん</rt></ruby>は<ruby>知<rt>ち</rt></ruby><ruby>識<rt>しき</rt></ruby>の<ruby>母<rt>はは</rt></ruby>

經驗乃知識之母。

鶏口となるも牛後となるなかれ
<ruby>鶏<rt>けい</rt></ruby><ruby>口<rt>こう</rt></ruby>となるも<ruby>牛<rt>ぎゅう</rt></ruby><ruby>後<rt>ご</rt></ruby>となるなかれ

寧爲雞首，勿爲牛後。

芸術は長く人生は短し
<ruby>芸<rt>げい</rt></ruby><ruby>術<rt>じゅつ</rt></ruby>は<ruby>長<rt>なが</rt></ruby>く<ruby>人<rt>じん</rt></ruby><ruby>生<rt>せい</rt></ruby>は<ruby>短<rt>みじか</rt></ruby>し

藝術永恆，人生短暫。

傾城買いの草鞋はかず
<ruby>傾<rt>けい</rt></ruby><ruby>城<rt>せい</rt></ruby><ruby>買<rt>か</rt></ruby>いの<ruby>草<rt>わら</rt></ruby><ruby>鞋<rt>じ</rt></ruby>はかず

大處不算，小處算。

蛍雪の功を積む
<ruby>蛍<rt>けい</rt></ruby><ruby>雪<rt>せつ</rt></ruby>の<ruby>功<rt>こう</rt></ruby>を<ruby>積<rt>つ</rt></ruby>む

螢窗雪案。喻勤苦勵學。

兄たりがたく弟たりがたし
<ruby>兄<rt>けい</rt></ruby>たりがたく<ruby>弟<rt>てい</rt></ruby>たりがたし

難兄難弟。

鶏鳴狗盗
<ruby>鶏<rt>けい</rt></ruby><ruby>鳴<rt>めい</rt></ruby><ruby>狗<rt>く</rt></ruby><ruby>盗<rt>とう</rt></ruby>

雞鳴狗盜。

怪我の功名
_{けが こうみょう}

　僥倖成功。

怪我の負け
_{けが ま}

　偶然失敗。

逆鱗にふれる
_{げきりん}

　觸怒、激怒君王、長輩。

芥子粒のように小さい
_{けし つぶ ちい}

　極小。

下種の一寸のろまの三寸
_{げす いっすん さんずん}

　半斤八兩。

下種は三食、じょうろうも三食
_{げす さんじき さんじき}

　人沒有貴賤之分。

下駄と焼き味噌
_{げた や みそ}

　外型相似而實質懸殊。

桁外れ
_{けたはず}

　格外。打破行情。超乎常理。

下駄も阿弥陀も同じ木のきれ
_{げた あみだ おな き}

　天生資質本相同，後天努力分貴賤。

下駄をあずける
_{げた}

全權委託。

けちを付ける

　說壞話。挑毛病。

けちん坊の柿の種
_{ぼう かき たね}

　視錢如命的吝嗇鬼。守財奴。

血気に逸る
_{けっき はや}

　意氣用事。失去冷靜。

決心の臍を決める
_{けっしん ほぞ き}

　下定決心。

月前の星
_{げつぜん ほし}

　小巫見大巫。相形見拙。

結託する
_{けったく}

　掛勾。

血肉相食む
_{けつにくあいは}

　骨肉相殘。

血路を開く
_{けつろ ひら}

　突破難關。殺出一條血路。

ケバい

　化妝化得很濃。大濃妝。

下馬評
_{げ ば ひょう}

　無關的人說的閒話。

毛程の距離

　毫釐之差。

煙に巻く

　混淆。唬弄。説話眞眞假假。用
大話騙人。

煙があれば火あり

　有煙必有火。事出有因。

煙る座敷にはいられるが睨む座敷に
はいられぬ

　寧待在煙霧瀰漫的屋子住，也不

願待在受人監視的屋子裡。

家来とならねば家来は使えぬ

　支配別人時要站在對方的立場才
能成功。受過支配的人才懂如何
支配人。

けりをつける（＝けりがつく）

　結束。完結。

権に借る

　倚恃權勢。

犬猿の仲。

けん つの
権に募る

恃權驕傲。

けん つか もの けん し
剣を使う者は剣で死ぬ

用劍者死於劍。

けん めぐ こん てん
乾を旋らし坤を転ず

扭轉乾坤。

けんえん なか
犬猿の仲

水火不相容。針鋒相對。

けん が べん
懸河の弁

口若懸河。

けん か ず ぼう ち ぎ
喧嘩過ぎての棒千切り

於事無補。放馬後炮。

けん か かさ
喧嘩にかぶる笠はなし

不知爭吵何時會發生而無法防
止。

けん か
喧嘩につよい

擅於打架。

けん か はな さ
喧嘩に花が咲く

越吵越厲害。越吵越凶。

けん か あと きょうだい な の
喧嘩の後の兄弟名乗り

不打不成交。不打不相識。

けん か りょうせいばい
喧嘩両成敗

對打的雙方各打五十大板。兩敗
俱傷。

げんかん は
玄関を張る

裝飾門面。裝飾外表。

げん き おうせい せいしん
元気旺盛な精神

龍馬精神。

けんけん みずこう が な
涓涓の水江河を成す

涓水成河。

けんこんいってき
乾坤一擲

孤注一擲。乾坤一擲。破釜沉
舟。

けんぜん せいしん けんぜん しんたい やど
健全なる精神は健全なる身体に宿る

健全身心寓於健康的身體。

げんちか い とお
言近くして意遠し

言近而旨遠。語言淺顯而意義深
長。

107

こ

子に過ぎたる宝なし
> 孩子是無價之寶。

子の心親知らず
> 父母不知兒女心。

子は鎹
> 孩連父母心。

子は三界の首枷
> 兒女是永遠的煩累。多子多累。

子を視ること親に如かず
> 知子者莫若父母。

子を持って知る親の恩
> 養兒方知父母恩。

恋は思案の外
> 愛情不能用常識衡量。

鯉の滝のぼり
> 鯉魚跳龍門。

紅一点
> 萬綠叢中一點紅。

光陰矢の如し
> 光陰似箭。

幸運はだれの門も一度はたたく
> 幸運會造訪每個人，要及時把握。

行雲流水
> 千變萬化。聽其自然。

甲乙なし
> 不分上下。不分伯仲。

後悔先にたたず
> 後悔也來不及。

口角泡を飛ばす
> 熱烈的討論。口若懸河。

業が煮える（＝業を煮やす）
> 發急。急得發脾氣。

後期高齢者
> 指75歲以上的高齡者。

興行収入
> 票房收入。

孝行のしたい時分に親はなし

　　子欲養而親不待。

黄砂現象（砂嵐）

　　沙塵暴。

高姿勢

　　高壓的態度。強硬態度。

口実にする

　　作爲藉口。

膠漆の交わり

　　如膠似漆。

好事魔多し

　　好事多磨。

後塵を拝す

　　步後塵。

巧遅は拙速に如かず

　　巧遲者不如拙速。

交通遺児

　　由交通事故而失去父母的孩子。

狡兎死して走狗烹らる

　　狡兔死，走狗烹。喻用過後，則
　　束之高閣。

後図を策す

　　籌略善後。

功なり名遂げて身退くは天の道なり

　　功成、名遂、身退、天之道。

郷に入っては郷に従え

　　入境隨俗。

孝は百行の本

　　百善孝爲先。

弘法は筆を選ばず

　　筆毫無優劣，弄管有巧拙。

弘法も筆の誤り

　　智者千慮必有一失。仙人打鼓有
　　時錯。

高木に風強し

　　樹大招風。

高木は風にねたまる

　　樹大招風。

高名の中に不覚あり

　　得意忘形。

こうもりも鳥のうち

　　牛驥同皁。

こ

109

膏薬張りのズボン

打補釘的褲子。

紺屋のあさって

一再拖延。

紺屋の地震

非常抱歉。

紺屋の白袴

自顧不暇。

公用族

藉職權之便，任意揮霍公款的政
府官吏和機關工作人員。

甲羅の生えた男

久經世故的人。

甲羅を経る

有經驗。老練。

黄梁の夢（＝一炊の夢）

黃梁一夢。

劫を経る

飽經滄桑。經過漫長的歲月。

声がかかる

博得觀眾的喝彩。

声をかける

招呼。叫人。

声を揃える

異口同聲。

声を尖らす

高聲叫嚷。大聲申斥。

声を呑む

（因感動）說不出話來。

声を引き絞る

拼命叫喊。

呉越同舟

呉越同舟。

氷は水より出でて水よりも寒し

冰，水爲之，而寒於水。

氷を歩む

冒險。如履薄冰。

木陰に臥す者は枝を手折らず

蔭其樹者，不折其枝。受人之恩
不以仇報。

こき下ろす

說得一文不值。貶斥。

ご機嫌ななめ（ならず）

很不高興。

呼吸が合う

有默契。合得來。

呼吸を合わす

配合。合作。同步。

呼吸をのみこむ

抓到訣竅。理解要點。

故郷へ錦を飾る

衣錦還鄉。

極印付けの悪徒

真正的惡棍。

虚空を掴んで苦しむ

垂死掙扎，臨死苦悶。

極道

黑社會。

ごくつぶし

只吃飯不做事的人。飯桶。

黒白を争う

爭是非。

黒白を弁ぜず

是非難辨。

極楽の入口で念仏を売る

聖人面前賣孝經。班門弄斧。

極楽トンボ

遊手好閒的人。

コクる

告白。

虚仮威し

（嚇不倒人的）恫嚇。紙老虎。

苔が生える

古老。陳舊。

虎穴に入らずんば虎子を得ず

不入虎穴，焉得虎子。

沽券が下がる

有傷體面。

沽券に関わる

有失身價。有傷體面。

虎口を逃れて竜穴に入る

前面進虎，後面進狼。

ここだけの話

這話可不能對外人道。

心内にあれば色外にあらわる

　成於中而行於外。

心が動く

　心動。情緒激動。

心が通う

　互相理解。心心相印。

心が騒ぐ

　心神不寧。

心がこもる

　誠心誠意。

心に鬼を作る

　疑神疑鬼。心中有愧。

心に垣をせよ

　應該有戒心。要提高聲勢。

心に懸ける

　擔心。

心に笠着て暮らせ

　要知足。生活不要向高處看。

心に残る

　令人難忘。留下深刻的印象。

心にもない

言不由衷。

心の鬼が身を責める

　受良心的譴責。於心不安。

心の琴線に触れる

　扣人心弦。

心の駒に手綱ゆるすな

　收心。

心の矢は石にも立つ

　有志者事竟成。

心を入れ替える

　改正錯誤重新做人。洗心革面。

心を奪う

　吸引人。迷人。使人心醉。

心を奪われる

　出神。入迷。

心を鬼にする

　硬著心腸。把心一橫。

心を砕く

　苦心慘淡。焦思苦慮。

心を汲む

　體諒。

こころさわ
心騒ぎ

　心中不安。心驚肉跳。

こころ　や
心を遣る

　開心。解悶。

こころ　　　　　　　　　　み　　　　　　　み
心ここにあらざれば視れども見えず

　心不在焉，視而不見。

こころざし　　　　　　　　　　みち
志あるところ道あり

　有志竟成。

こころざし　　　　ことつい　な
志あれば事竟に成る

　有志者事竟成。

こし　　くだ
腰が砕ける

　態度軟化。鬆動。

こし　たか
腰が高い

　驕傲。狂妄。

こし　つよ
腰が強い

　堅強。有韌性。態度強硬。

こし　ぬ
腰が抜ける

　嚇癱。軟腳。受到打擊。

こし　ひく
腰が低い

　謙遜。和藹。平易近人。

こし　よわ
腰が弱い

沒有骨氣。態度軟弱。

こじき　　みっか
乞食も三日すればやめられぬ

　積習難改。狗改不了吃屎。食髓
　知味。

こしぎんちゃく
腰巾着

　跟班。

こ　し　たんたん
虎視眈眈

　虎視眈眈。

こし　う
腰を浮かせる

　坐立不安。

こし　お
腰を押す

　背後支持。

こし　お
腰を折る

　屈服。中途加以防礙。

こし　す
腰を据える

　安心地幹。專心一致的幹。

こし　ぬ
腰を抜かす

　站不起來。（因病、驚嚇、感動
　等）無法動彈。

きべん
こじつける（詭弁）

　硬拗。

後日のため依って件の如し

恐後無憑，立此為證。

腰パン

吊兒郎當（把褲子穿到下腰，幾乎露出屁股）。

小癪に障る

令人討厭。令人生氣。

五車の書

五車之書，汗牛充棟。

五重の塔も下から組む

按部就班。

後生大事

極為重視。重視來生。

胡椒の丸呑

囫圇吞棗。不求甚解。

古事来暦曰因縁

古事來歷日因緣。

こじりがつまる

窮途末路。

古人の糟粕を嘗める

步前人後塵。

五十歩百歩

五十步笑百步。

小勢に大勢

寡不敵眾。

午前様

每天午夜以後才回家的男人。

こそこそする

偷偷摸摸地。鬼鬼祟祟地。靜而小的聲音。

五臓六腑に沁みわたる

銘感五內。感人肺腑。刻骨銘心。

御大層なことを言う

誇大其詞。說大話。

子宝脛が細る

孩子多累贅多。

御多分に洩れず

不例外地。

胡蝶の夢

蝴蝶夢。喻人生如虛幻不實的夢。

凝っては思案にあまる

考慮過多，反無定見。

木っ端を拾うて材木を流す
顧此失彼。因小失大。

小粒も山椒
辣椒是小的辣。人小鬼大。

骨を会得する
學會手法（要點、秘訣）。

こてんこてん
落花流水。體無完膚。

事あるときは仏の足を戴く
臨時抱佛腳。臨陣磨槍。

事あれかし
唯恐天下不亂。

言承けよしの異見聞かず
滿口答應。絲毫不改。

事が起こる前に影がさす
徵兆。

事志と違う
事與願違。

琴柱に膠す
膠柱鼓瑟。喻不能臨機應變。

言葉お多きは品少なし
言多必失。

言葉に角を立てる
粗言暴語，言詞嚴厲。

言葉は国の手形
籍貫可從方言聽出來。

言葉は身の文
言如其人。

言葉を番える
約定。

言葉を濁す（＝口を濁す）
含糊帶過。

事も無気に
若無其事地。

子供の喧嘩に親が出る
孩子打架，大人出面。

子供は風の子
小孩子不怕寒風吹。精力十足，成天在外玩耍。

コネ
走後門。靠關係。

この親にしてこの子あり
龍生龍，鳳生鳳。

この世の別れ
今生的永別。訣別。

胡馬北風に嘶う
胡馬嘶北風。喻思鄉。

コピペ
複製貼上。

五風十雨
五風十雨。喻風調雨順，國泰民
安。

小舟に荷が勝つ
小船難負重擔。

小舟の宵ごしらえ
過早做準備。三歲小孩望媳婦—
太早了。

こぼれ幸い
意外的幸運。

誤魔化す
搪塞敷衍。虛偽造假。

細かすぎる
龜毛。

細細と煙は立たぬ
過窮日子。

ごまめでも尾頭つき
麻雀雖小，五臟俱全。

ごまめの歯軋り
以卵擊石，弱者咬牙切齒，悔恨
不已。螳臂擋車。

胡麻をする
拍馬屁。阿諛。逢迎。

ごまんと有る
有很多。

小耳に挟む
偶然聽到。

米櫃の底を叩く
把米吃的一乾二淨。

子故の闇に迷う
父母爲子迷。溺愛孩子而是非不
分。

ごり押し
鴨霸。

転がる石は苔むさず
滾石不生苔。

116

殺し文句

甜言蜜語。

殺す神あれば助ける神あり

此處不留人，自有留人處。

転ばぬ先の杖

未雨綢繆。

転んでもただでは起きぬ

就算失敗，也會從失敗中學教訓
重新振作起來。

怖いもの見たさ

越怕越想看。

恐し見たし（＝怖いもの見たさ）

又害怕又想看。越害怕越想看。

懇意にかまけて

靠著交情。

婚活

結婚活動。

根がつきる

筋疲力盡。

今度と化物には行きあわない

子烏虛有。喻不可靠之事。

こんにゃくで石垣を築く

絕不可能做成。

権兵衛が種蒔きゃ烏がほじくる

權爺下種兒，烏鴉叼。喻隨後破
壞他人所做的事。

衮竜の袖に隠れる

假藉天子的名義。

金輪際の玉も拾えば尽きる

天下無難事，只怕有心人。

117

MEMO...

さ

座が白ける

　冷場。敗興。

座を組む

　盤腿而坐。

座をさます

　使大家掃興。

塞翁が馬

　塞翁失馬，焉知非福。喩人世間
　的吉凶禍福是無法預測的。

細工は流流仕上げを御覧じろ

　作法各有千秋，請看最後結果。

歳月流るる如し

　歳月如梭。

歳月人を待たず

　歳月不饒人。

最後っ屁

　最後一招。

採算があう

　合算。

在所育ちの麦飯

　長在鄉村，安於速食。

才子才に倒れる

　聰明反被聰明誤。

賽は投げなれたり

　開弓沒有回頭箭，箭已離弦。大
　勢已定。

財布の口をしめる

　緊縮開支。

財布の尻を押さえる

　掌管財政。

財布の底をはたく

　分文不留。傾囊。

財布の紐が長い

　一毛不拔。吝嗇。

采を取る

　進行指揮。掌握指揮權。

杯を返す

　把對方（通常爲上位者）給的酒

杯中的酒喝完之後還回酒杯。下
位者與上位者斷絕關係。

杯をもらう

從對方（通常為上位者）拿到酒
杯後，喝光酒杯中的酒。拜師、
拜老大。

坂に車

逆水行舟，不進則退。

**酒屋へ三里豆腐屋へ二里というよう
な処**

偏僻不便的地方。窮鄉僻壤。

先を折る

挫（人）銳氣。

先を追う

開道。

先を越す（＝先を越す）

先下手。佔先。

先立つものは金

金錢第一。

鷺を烏

指鹿為馬，顛倒黑白。

先んずれば人を制す

先發制人。

策士策におぼれる

聰明反被聰明誤。

昨日の少年今日の白頭

昨日少年今白頭。

桜伐る馬鹿梅伐らぬ馬鹿

因材施教。

酒盛って尻切られる

恩將仇報

雑魚のととまじり

小魚穿大串。喻平庸之輩混於優
秀者之中。濫竽充數。

囁き千里

附耳之言，聞於千里。

差し金

教唆。唆使。

坐して食らえば山も空し

坐吃山空。

座して死を待つ

坐以待斃。

砂上の楼閣

120

喻外表氣派但基礎不穩。

匙を投げる

放棄（不可救藥）。斷念。

沙汰の限り

荒謬絕倫。豈有此理。

砂中偶語

謀反。

五月の鯉の吹流し

坦率。直爽。

ざっくばらん

坦率地。心直口快。坦白地。

ざっくばらんに話す

打開天窗說亮話。

殺人的

厲害得要命。非常厲害。

雜草ははびこりやすい

野火燒不盡，春風吹又生。

早速ですが

請允許我免去客套先談問題。

薩摩の守

坐霸王車。坐車不花錢。

さばを読む

打馬虎眼。在數量上作假騙人。

錆に腐らせんより砥で減らせ

與其坐而待斃，不如奮力一擊。

ざまを見ろ

活該。

さも言われたり

誠如所言。你說的很對。

ざらに有る

不稀奇。到處都有。多。

猿に烏帽子

沐猴而冠。

猿のしり笑い

不知自醜。

猿も木から落ちる

智者千慮，必有一失。

去る者は追わず来る者は拒まず

去者勿追，來者勿拒。

去る者は日々に疎し

去者日日疏。

戲れも昂ずればけんかとなる

戯狎過度則爭。

さわぎどころの騒ぎじゃない

還不止於那種程度。

触らぬ神に祟りなし

你不惹他，他不犯你。敬而遠之。

算を乱す

指一群人或軍隊陷入混亂、四處逃竄的樣子。

山雨来らんと欲して風楼に満つ

山雨欲來風滿樓。

産活

分娩準備。

三思して後行う

三思而後行。

三下に見る

卑視人。

三舎を避ける

退避三舎。

三十にして立つ

三十而立。

三十六計逃げるに如かず

三十六計，走爲上策。

山上に坐して相うつ虎の倒るるを待つ

坐山觀虎鬥。

山椒は小粒でもぴりりと辛い

喻身材雖矮小，但是精明堅強不可輕侮。

三寸の見直し

不管什麼東西只要仔細觀察都會有缺陷，缺陷只要看習慣後就不會在意。

三寸見通し

眼光精準。敏銳。洞察力高。

嶄然頭角を現す

嶄露頭角。出人頭地。

山中の賊を破るは易く心中の賊を破るは難し

山中之賊易擒，心中之賊難破。

サンドイッチになる

被夾在中間。

三度目の正直

三次爲定。（占卜）第三次才確

實可靠。

さんにん よ　もんじゅ　ち え
三人寄れば文殊の知恵

（＝三人寄れば師匠のでき）

三個臭皮匠，勝過一個諸葛亮。

さん ば がらす
三羽烏

三個優秀的門徒。

さんびょう し
三拍子そろう

各備一切條件。萬事具備。

さんべん　　　　　た ばこ
三遍まわって煙草にしよう

巡邏三遍再抽煙。喻做事要謹愼

小心，別因爲急著休息而有所疏

忽。

さんにん よ　　　　もんじゅ　ち え
三人寄れば文殊の知恵。

し

四の五の言わずに

不必說三道四地。

死の谷

（鐵路與公路的）交叉道口。

思案投げ首

不知所措。一籌莫展。

思案に落ちる

想不通。百思不解。

思案に沈む

沉思。

思案につきる

不知所措。想不出主意來。

塩が浸む

體驗辛酸。（生活）經驗多。

塩を踏む

體驗辛酸。

自画自賛

自吹自擂。

しかとする

排斥同伴。

鹿の角を蜂が刺す

絲毫不感痛癢。

鹿を逐う者は山を見ず

逐鹿者不見山，攫金者不見人。

鹿を指して馬となす

指鹿為馬。

歯牙の間に置くに足らず

不足掛齒。

自家撞着

自相矛盾。

自家発電

校長兼打鐘。自備電源。

敷居が高い

不好意思登門。

事業仕分け

事業預算審查。

じごうじとく
自業自得

自作自受。

しこうほうき
思考放棄

放棄了思考能力。

しごく

殘酷地鍛鍊。

じごく いっちょうめ
地獄の一丁目

險些遇難。開始陷入困難。

じごく うえ いっそくと
地獄の上の一足飛び

危險萬分。

じごく うま かお ひと
地獄の馬は顔ばかりが人

人面獸心。

じごく かま ふた あ
地獄の釜の蓋も開く

地獄也有休假時。

じごく ほとけ あ
地獄で仏に逢ったよう

久旱逢甘霖。危難時得到意外的
拯救。

じごく さた かねじだい
地獄の沙汰も金次第

有錢能使鬼推磨。

じごくみみ
地獄耳

包打聽。順風耳。過耳不忘。

じごく すみか
地獄も住家

住慣了哪裡，就覺得哪裡舒適。

じ ご しょうだく
事後承諾

先斬後奏。

じ こまい
事故米

事故米(毒米)。

しこり

肌肉發硬。感情不融洽。芥蒂。

ししく むく
獣食った報い

自作自受。報應。

し のちや
死して後已む

死而後已。

しし しんちゅう むし
獅子に身中の虫

恩將仇報。害群之馬。內奸。

しし ひれ
獅子に鰭

如虎添翼。

しし こ お
獅子の子落とし

置自己的兒子於艱苦境地以資鍛
鍊。對孩子的教育要嚴格。

じじつ しょうせつ き
事実は小説よりも奇なり

事實比小說更離奇。

125

自粛

自己謹慎。字愼自戒。

耳食の徒

一知半解者。

静かな流れは水深し

胡蘿蔔裡的辣椒，看不出的属
害。

沈む瀬あれば浮かぶ瀬あり

（人生）榮枯無常。

死せる孔明生ける仲達を走らす

死諸葛能嚇走活仲達。喩聞風而
喪膽。

地蔵の顔も三度（＝仏の顔も三度）

再溫和的人受欺侮也會生氣。

児孫のために美田を買わず

不爲兒孫買良田。

舌が肥えている

對食物很挑剔。愛好美食。

舌が長い

話多。饒舌。多嘴。

舌がまわる

喋喋不休。

舌の根の乾かないうち

話剛說完。言猶在耳。

舌は禍の根

禍從口出。

舌も引かず

話還沒說完。

舌を出す

暗中嗤笑。覺得不好意思，想含
混過去時的動作。

舌を二枚に使う（＝二枚舌を使う）

心口不一致。要兩面手法。

舌を振う

雄辯。振振有詞。

舌を巻く

非常驚訝。

舌三寸に胸三寸

說話用心都要謹慎。

下顎と上顎のぶつかり放題

信口雌黄。隨便說說。

時代層

上代，下代的差異。

親しき中にも垣をせよ

親密也要有分寸。

親しき中にも礼儀あり

親密也要有分寸。

親しき仲は遠くなる

親密過頭反而會生疏。

舌鼓を打つ

吃得津津有味。

下手に立つ、下手に付く

甘拜下風。居於人下。

下にも置かず

特別懇切的招待。

滴り積もりて淵となる

積少成多。

地団駄を踏む

頓足捶胸。悔恨。懊喪。

七尺去って師の影を踏まず

弟子去七尺，師影不可踏。

死地に陥れて後生く

置之於死地而後生。

七転八起（＝七転び八起き）

不屈不撓。

七転八倒

（疼得）亂滾。

死中に活を求める

死裡求生。

日月明らかならんと欲すれども浮雲これを蔽う

日月欲明，浮雲蔽之。

日月は地に堕ちず

正義永存。

日月曲がれる穴を照らさず

福不臨惡者。

知って知らざれ

知道卻裝傻，喻深藏不露。

知って問うは礼なり

知而問是禮。

失敗は成功の基

（＝失敗は成功の母）

失敗爲成功之母。

十把一絡げ

不分青紅皂白，混爲一談（同樣

對待）。

疾風迅雷（しっぷうじんらい）

迅雷不及掩耳。神速。

疾風に勁草を知る（しっぷうにけいそうをし）

疾風知勁草。

しっぺ返し（がえ）

立即報復。

しっぽを出す（だ）

露出馬腳。

しっぽを掴む（つか）

抓住弱點。

しっぽを巻く（ま）

落荒而逃。夾著尾巴逃跑。

自転車ツーキニスト（じてんしゃ）

自行車上班族。

品玉も種から（しなだまもたね）

巧婦難為無米之炊。

死馬に鍼をさす（しにうまにはり）

毫無成效。

死水を取る（しにみずとる）

送終。

死人に口なし（しにんくち）

死人不能爭辯（作證）。死無對證。

鎬を削る（しのぎけず）

針鋒相對。激戰。

篠を突く（しのつ）

大雨傾盆。

篠を束ねる（しのつか）

（大雨）如注。

篠を乱す（しのみだ）

風雨交加。

しばも追う能わず（おあた）

（一言既出）駟馬難追。

自腹を切る（じばらき）

用自己的錢付款。

四百死病に効く薬（しひゃくしびょうきくすり）

萬靈藥。

痺れを切らす（しびき）

等的不耐煩。

しぶちん

吝嗇的人。

自分で一から十までやる

全由自己作。一切自辦。

始末屋

節儉的人。不浪費的人。

自慢高慢馬鹿の内

聰明人不自滿。

自慢は知恵の行止まり

驕傲自滿。

四面楚歌

四面楚歌。孤立無援。

下いびりの上へつらい

欺下媚上。

霜降牛肉

脂肪網狀分佈的牛肉。

霜を履みて堅氷至る

履霜堅冰至。

釈迦に説法

班門弄斧。

借金を質に置く

想盡辦法借錢。

杓子で腹を切る

絕對辦不到。

杓子は耳掻きにならず

大的東西不一定可以代替小東西。

しゃくとりのかがむのも延びんがため

尺蠖之屈以求信也。

借屋栄えて母屋倒る

喧賓奪主。

蝦蛄で鯛を釣る

拋磚引玉。一本萬利。

車軸を流す

大雨傾盆。

蛇の道は蛇

內行人懂門道。

蛇は一寸にして人を呑む

虎豹之駒，未成文，已有食牛之氣。

邪は正に勝たず

邪不勝正。

しゃべる者に知る者なし

言多者知少。

沙弥から長老にはなれぬ

不能一步登天。

社用族

用公款遊玩、吃喝、旅行的公司
職員。

舎利が甲になる

（＝舎利が灰になる）

永久。永遠。

洒落を云う

說俏皮話。詼諧。

終活

爲了順利面對自己人生的終點而
作準備。

衆寡敵せず

寡不敵眾。

習慣は第二の天性

習慣爲第二天性。

衆志城を成す

眾志成城。

宗旨をかえる

改宗。改行。改換趣味。

修身斉家治国平天下

修身齊家治國平天下。

秋霜烈日の如し

刑罰嚴明。

十人十色

十人十色。十個手指沒有一般
長。

十人並

普通。平常。

十年一日

十年如一日。

十年一剣を磨く

十年磨一劍。

重箱の隅を杓子で払え

不必追求細節。

重箱の隅を楊枝でほじくる

追究細節。雞蛋裡挑骨頭。

柔能く剛を制す

柔能制剛。

粛々と

審慎地。

しゅんしょういっこくあたいせんきん
春宵一刻価千金

春宵一刻值千金。

しゅつば
出馬する

出動。參加。立候補。

しゅつらん　ほま
出藍の誉れ

青出於藍而勝於藍。

しゅとう　だっ
手套を脱す

拿出眞本領。

しゅ　まじ　　あか
朱に交われば赤くなる

近朱者赤，近墨者黑。

しゅふ　　ざ
主婦の座

主婦的地位。主婦的任務。

しゅんじゅう　と
春秋に富む

富春秋。年輕或將來長遠。

じゅんぷう　ほ　あ
順風に帆を上げる

一帆風順。

じゅんぷうまんぱん
順風満帆

一帆風順。

しゅんみんあかつき　おぼ
春眠暁を覚えず

春眠不覺曉。

しょう　い　す　　だいどう
小異を捨てて大同につく

求大同存小異。

しょうじ　　　　　だいじ　わす
小事にかかわりて大事を忘るな

外頭追趕小麻雀，屋裡走失老母
雞。

しょうじき　あたま　かみやど
正直の頭に神宿る

善良正直者天助之。

しょうじき　ところ　　しょうじき　い
正直な所（＝正直に言えば）

老實說。

しょうじき　いっしょう　たから
正直は一生の宝

誠實乃一生之寶。

しょうじき　さいりょう　さく
正直は最良の策なり

誠實爲上策。

しょうしの　　　　　すなわ　たいぼう　みだ
小忍ばざれば即ち大謀を乱る

小不忍則亂大謀。

しょうじ　だいじ
小事は大事

小事也可能釀成大事。

しょうしょく　ちょうめい
小食は長命のしるし

少食長壽。

しょうじんりょうり
精進料理

素菜。

じょうず　て　みず　も
上手の手から水が漏る

高明的人有時也會犯錯。智者千
慮必有一失。

上手の猫が爪を隠す

有實力的人不表現於外。眞人不
露相。

小人閑居して不善をなす

小人閑居爲不善。

少年老い易く学成り難し

少年易老學難成。

少年よ大志を抱け

少年應懷大志。

小の虫を殺して大の虫を助ける

喻捨小救大。棄卒保帥。犧牲小
我，完成大我。

賞は厚くし罰は薄くすべし

賞從重，罰從輕。

しょば代

保護費。

蒸発する

突然不知去向。突然行蹤不明。

勝負は時の運

勝敗乃時運。

譲歩も時には成功の最良の法である

讓步是成功的上策。

将門には必ず将あり

將門必有將。

証文の出し遅れ

過期失效。

常連

常客。經常來的客人。

昭和元禄

如德川元禄時代那麼繁榮、享受
的昭和時代。

将を射んと欲すればまず馬を射よ

射將先射馬。

章を断ち義を取る

斷章取義。

触手を伸ばす

伸出魔掌，進行拉攏。

食育

教育人們對於「食」的正確知
識。

食指が動く

食指大動。

食品偽装

　食品造假。

初心忘るべからず

　不可忘卻初學時的心情。

女子会

　年輕上班族女子聚集在一起喝
　酒、聊天、品嚐美食的聚會。

蜀犬日に吠ゆ

　蜀犬吠日。

知らざるを知らずと為す是知れるなり

　不知爲不知是知也。

白波と消え失せる

　高臥甜睡。

知らぬ顔の半兵衛

　不知則心安。眼不見心不煩。

知らぬ神より馴染みの鬼

　生不如熟。

知らぬが仏

　眼不見，心不煩。

白羽の矢を立てる

　（在許多人中）指定。選中（某

人）。

白を切る

　佯裝不知。

尻足を踏む

　躊躇不前。

尻馬に乗る

　盲從。

尻が暖まる

　久任某職。住慣。

尻が重い

　懶惰。遲鈍。不活潑。

尻が軽い

　敏捷。活潑。輕浮。

尻が据わらぬ

　待不住。居不久。

尻が長い

　在別人家長篇大論，遲遲不肯告
　辭的樣子。久坐不走。

尻から抜ける

　過後就忘。記不住。

尻から焼けて来るよう

133

尻（しり）が重（おも）い。

驚慌失措的樣子。

尻（しり）が割（わ）れる

隱瞞的壞事曝光。

四六時中（しろくじちゅう）

日夜。一整天。總是。

心（しん）から考（かんが）える

認眞（正經）地想。由衷的去考
慮。

真（しん）を保（たも）つ

保眞。不失其自然。

新規蒔（しんきま）き直（なお）し

重新開始。從頭做起。

信言（しんげん）は美（び）ならず美言（びげん）は信（しん）ならず

信言不美，美言不信。

人口（じんこう）に膾炙（かいしゃ）す

膾炙人口。

人後（じんご）に落（お）ちる

落他人後。

心中（しんじゅう）

兩個人以上的人一起自殺。殉
情。

寝食（しんしょく）を忘（わす）れる

廃寝忘食。

人事を尽くして天命を待つ

盡人事而聽天命。

人生到る所に青山あり

人生到處有青山。

人生意気に感ず

人生感意氣。

人生七十古来稀なり

人生七十古來稀。

進退これ谷まる

進退維谷。

身代を潰す

傾家蕩産。

死んだライオンより生きた犬

好死不如歹活。

死んでからの医者話

後悔莫及。

死んで花実がなるものか

人死萬事休。

心頭を滅却すれば火もまた涼し

滅卻心頭火自涼。

人命を虫けら同然に扱う

草菅人命。

親は泣き寄り

（親屬）休戚相關。

辛抱する木に金がなる

忍氣求財。

神武景気

開國以來的好景氣。非常好的景氣。

信用は無形の財産

信用乃無形的財產。

森羅万象

森羅萬象。指宇宙中一切事物。

す

酢が利き過ぎた

過度。過火。

頭が高い

高傲。無禮。目中無人。

図に当たる

如願以償。恰中心意。

図に乗る

得意忘形。逞能逞強。

素足にくつをはく

光腳穿鞋子。

粋は身を食う

風流足以滅身。

粋を利かす

體貼人情（懂得風流）。知趣。

水火を辞せず

赴湯蹈火，在所不辭。

水魚の交わり

魚水之交。

推敲

推敲。

随徳寺

逃之夭夭。溜之大吉。

水泡に帰する（＝水の泡になる）

化爲泡影。

酸いも甘いも嚙みわけた

飽嚐酸甜苦辣。久經世故。

酸いも甘いも知り抜く

飽嚐苦辣酸甜。久經世故。

すかを食う

（期待的事情）落空。失望。

ずきが回る

被通緝。

好きこそ物の上手なれ

（技術）有了愛好然後才能做到精巧。

過ぎたるは猶及ばざるが如し

過猶不及。

好きには身をやつす
　熱中於個人愛好。為愛好而廢寢忘食。

空腹にまずいもの無し
　飢不擇食。

数寄を凝らす
　講究品味、風雅。

頭巾と見せて頰冠り
　面善心惡。佛面蛇心。

救いようのないもの
　不可救藥。

スゲェー
　非常好，了不起。（男生用語）

素気ない
　冷淡。無情的。沒有情面的。

筋が通る
　合情合理。

涼しい顔
　佯裝不知的樣子。若無其事的樣子。

進まぬ顔
　不願意（不高興）的樣子。

雀の千声鶴の一声
　百星之明，不如一月之光。小人千語不如君子一語。

雀の涙
　一點點。稀少。少許。

雀百まで踊り忘れぬ
　生性難改。本性難移。

酢だの蒟蒻だのと云う
　吹毛求疵。

すっからかん
　一無所有。空空洞洞的。

擦った揉んだ
　糾紛。

すっぱ抜く
　揭發。暴露。

スッピン
　素顏（沒有化妝的女性）。

すっぽかす
　放鴿子。爽約。

捨科白
　臨走時說的恐嚇性的話。撂狠話。

137

捨て鉢になる

　自暴自棄。

捨てる神あれば拾う神あり

　天無絶人之路。

捨てる子も軒の下

　棄嬰棄在屋簷下。

ステレオタイプ

　陳腔濫調。刻版印象。

酢豆腐

　一知半解的人。不懂裝懂。

砂を噛ます

　（角力）摔倒對方。

砂を噛むよう

　味如嚼蠟。枯燥無味。

酢にも味噌にも文句を云う

　連一點小事也嘮叨。

すねに傷持つ

　內心有隱疚。（思想）有包袱。

ずばぬける

　出類拔萃。超群。出眾。

すばりと言ってのける

一語道破。

図太い

　死皮賴臉。

すべての道はローマに通ず

　條條道路通羅馬。

図星を指す

　說中心事，猜對企圖。擊中要害。

すまじきものは宮仕え

　官不是人當的，工字不出頭。喻為身不由己，不能獨立自主。

墨と雪

　（性格）完全不同。

隅に置けない

　不可輕視的人。有些本領的人。

墨を磨るは病夫の如くし、筆を把るは壮士の如くす

　磨墨如病夫，執筆如壯士。

住めば都

　久居為安。

相撲にならない

　不是對手（力量相差太遠）。

図星を指す。

すりこぎで重箱を洗う

　　大而化之。

する事なす事

　　所作所爲的事。一切的事。

寸暇を惜しむ

　　馬不停蹄。珍惜一點點空閒時

　　間。

寸善尺魔

　　好事少壞事多。善良少邪惡多。

寸鉄人を殺す

寸鐵殺人。喻用精練而出人意外

的話語，說到別人的要害。

せ

背を見せる

　轉身逃走。

背を向ける

　（轉過身子）背向。背叛。假裝
不知。

背にする

　背後。背景。

背に腹はかえられぬ

　爲了大利犧牲小利。

精が出る

　有勇氣。

精を出す

　努力。賣力氣。鼓起勇氣。

精を励ます

　致力。奮勉。

生を偸む

　（苟且）偸生。貪生怕死。

生ある者は死あり

　有生必有死。

青雲の志

　青雲之志。

制携帯

　配給手機。

政経癒着

　官商勾結。

政権の盥回し

　政黨輪替。

成功で逆上している

　成功沖昏了頭腦。

正鵠を失わず

　不失正鵠。擊中要害。

精神一到何事か成らざらん

　精神一到，何事不成。

清水に魚棲まず

　水清則無魚。喻持身過潔人們不
接近。

済済たる多士文王以て寧し清濁併せ
呑む

濟濟多士，文王以寧。好壞兼

容。有度量。

井底の蛙（せいてい かわず）

井底之蛙。

急いては事を仕損ずる（せ こと しそん）

欲速則不達。

青天の霹靂（せいてん へきれき）

晴天霹靂。

青天白日の身となる（せいてんはくじつ み）

冤情被昭雪。判明無罪。

盛年重ねて来らず（せいねんかさ きた）

盛年不重來。

井蛙の見（せい あ けん）

井蛙之見。見識狹窄。

世界を股に掛ける（せ かい また か）

走遍天下。

赤心を推して腹中に置く（せきしん お ふくちゅう お）

推心置腹。

積善の家には余慶あり（せきぜん いえ よけい）

積善之家必有餘慶。

席の暖まる暇もない（せき あたた ひま）

席不暇暖。

関の山（せき やま）

充其量也不過……而已。

堰を切る（＝堰を切って落とす）（せき き せき き お）

打破水閘。洪水奔流。

セクシーガール

性感辣妹。

世間知らずの高枕（せ けん し たかまくら）

不知天高地厚。

世間が狭い（せ けん せま）

交遊少。吃不開。

世間が広い（せ けん ひろ）

見多識廣。交際廣。

世間の口に戸は立てられぬ（せ けん くち と た）

惡事傳千里。

世間晴れて（せ けん は）

公開地。

世間を狭くする（せ けん せま）

（失掉信用）弄得越來越吃不

開。

世襲（せ しゅう）

地位、財產等，由子孫代代相傳

<ruby>背<rt>せ</rt></ruby><ruby>筋<rt>すじ</rt></ruby>が<ruby>寒<rt>さむ</rt></ruby>くなる

　毛骨悚然。

<ruby>是<rt>ぜ</rt></ruby><ruby>是<rt>ぜ</rt></ruby><ruby>非<rt>ひ</rt></ruby><ruby>非<rt>ひ</rt></ruby><ruby>主<rt>しゅ</rt></ruby><ruby>義<rt>ぎ</rt></ruby>

　大公無私主義。

<ruby>切<rt>せっ</rt></ruby><ruby>磋<rt>さ</rt></ruby><ruby>琢<rt>たく</rt></ruby><ruby>磨<rt>ま</rt></ruby>

　切磋琢磨。

<ruby>雪<rt>せっ</rt></ruby><ruby>駄<rt>た</rt></ruby>の<ruby>土<rt>ど</rt></ruby><ruby>用<rt>よう</rt></ruby><ruby>干<rt>ぼ</rt></ruby>し

　三伏天曬竹皮草屐（諷刺身子後
　仰，大搖大擺逞威風的人）。

<ruby>舌<rt>ぜっ</rt></ruby><ruby>端<rt>たん</rt></ruby><ruby>火<rt>ひ</rt></ruby>を<ruby>吐<rt>は</rt></ruby>く

　舌鋒逼人。言詞激烈。

<ruby>切<rt>せつ</rt></ruby>ないときは<ruby>茨<rt>いばら</rt></ruby>もつかむ

　急不暇擇。

<ruby>切<rt>せっ</rt></ruby><ruby>羽<rt>ぱ</rt></ruby><ruby>詰<rt>つ</rt></ruby>まる

　走投無路。萬不得已。

<ruby>瀬<rt>せ</rt></ruby><ruby>戸<rt>と</rt></ruby><ruby>際<rt>ぎわ</rt></ruby>

　關頭。

<ruby>銭<rt>ぜに</rt></ruby>を<ruby>握<rt>にぎ</rt></ruby>らせる

　行賄。

<ruby>狭<rt>せま</rt></ruby>き<ruby>門<rt>もん</rt></ruby>より<ruby>入<rt>い</rt></ruby>れ

不經苦練，不能提高。

セレブ

　名人。名媛。有錢人。

<ruby>世<rt>せ</rt></ruby><ruby>話<rt>わ</rt></ruby>が<ruby>焼<rt>や</rt></ruby>ける

　麻煩人。

<ruby>世<rt>せ</rt></ruby><ruby>話<rt>わ</rt></ruby><ruby>好<rt>ず</rt></ruby>き

　雞婆。

<ruby>世<rt>せ</rt></ruby><ruby>話<rt>わ</rt></ruby>に<ruby>砕<rt>くだ</rt></ruby>ける

　（言談態度）和藹可親。

<ruby>世<rt>せ</rt></ruby><ruby>話<rt>わ</rt></ruby>になる

　受人幫助。

<ruby>世<rt>せ</rt></ruby><ruby>話<rt>わ</rt></ruby>を<ruby>焼<rt>や</rt></ruby>く

　幫助。援助。照管。

<ruby>善<rt>ぜん</rt></ruby><ruby>悪<rt>あく</rt></ruby>は<ruby>友<rt>とも</rt></ruby>による

　水隨方圓器。近朱者赤。

<ruby>前<rt>ぜん</rt></ruby><ruby>衛<rt>えい</rt></ruby>

　先鋒。前方的護衛。不拘泥於傳
　統表示有個性美的藝術文義等。

<ruby>前<rt>ぜん</rt></ruby><ruby>後<rt>ご</rt></ruby>に<ruby>暮<rt>く</rt></ruby>れる

　茫然不知所措。

<ruby>前<rt>ぜん</rt></ruby><ruby>車<rt>しゃ</rt></ruby>の<ruby>覆<rt>くつがえ</rt></ruby>るは<ruby>後<rt>こう</rt></ruby><ruby>車<rt>しゃ</rt></ruby>の<ruby>戒<rt>いまし</rt></ruby>め

前車之鑑。

千丈の堤も螻蟻の穴を以て潰ゆ

千丈之堤潰於螻蟻之穴。

前身を洗う

査清已往的經歷（歷史）。

先生と呼ばれるほどの馬鹿でなし

糊塗莫過於老師。

栴檀は双葉より芳し

偉人自幼就出色。

船頭多くして船山に上る

領導人多反而誤事。

詮なし／詮もなし

沒辦法。

千日の萱を一日

百日砍柴一日燒。

千日の勤学よりも一時の名匠

名師教一時，勝讀千日書。

千人の指さすところはたがわず

千人所指必爲眞。

千の蔵より子は宝

有子萬事足。

線が太い

粗線條的。

善は急げ

好事要快作。好事要趁早。

先鞭をつける

著先鞭，比別人先動手從事。

前門の虎後門の狼

前門拒虎，後門進狼。

先憂後楽

先天下之憂而憂，後天下之樂而樂。

千里の馬も蹴躓く

千里駒也有失足時。人都會失敗。

千里の馬は常にあれども伯楽は常にはあらず

千里馬常有，而伯樂不常有。

千里の行も足下に始まる

千里之行始於足下。

千里の堤も蟻の穴から

千里之堤潰於蟻穴。

千里の野に虎を放つ

<ruby>前<rt>ぜん</rt></ruby><ruby>門<rt>もん</rt></ruby>の<ruby>虎<rt>とら</rt></ruby>、<ruby>後<rt>こう</rt></ruby><ruby>門<rt>もん</rt></ruby>の<ruby>狼<rt>おおかみ</rt></ruby>。

放虎歸山。

<ruby>千<rt>せん</rt></ruby><ruby>里<rt>り</rt></ruby>の<ruby>道<rt>みち</rt></ruby>も<ruby>一<rt>いっ</rt></ruby><ruby>歩<rt>ぽ</rt></ruby>から

　千里之行始於足下。

<ruby>千<rt>せん</rt></ruby><ruby>里<rt>り</rt></ruby>も<ruby>一<rt>いち</rt></ruby><ruby>里<rt>り</rt></ruby>

　千里不嫌遠。

<ruby>千<rt>せん</rt></ruby><ruby>慮<rt>りょ</rt></ruby>の<ruby>一<rt>いっ</rt></ruby><ruby>失<rt>しつ</rt></ruby>

　智者千慮，必有一失。

<ruby>千<rt>せん</rt></ruby><ruby>慮<rt>りょ</rt></ruby>の<ruby>一<rt>いっ</rt></ruby><ruby>得<rt>とく</rt></ruby>

　愚者千慮，必有一得。

144

そ

そうは問屋が卸さない
> 沒有人上你的當。如意算盤打錯了。不會那樣隨心所願。

滄海変じて桑田となる
> 滄海桑田。大海變成良田。

総会屋
> 擁有零碎的股份而出席股東大會擾亂的人。

総掛かり
> 總攻擊。全體人員一齊動手。

喪家のいぬ
> 喪家之犬。

創業は易く守成は難し
> 創業易,守成難。

相好を崩す
> 笑容滿面。眉開眼笑。

造作もない
> 輕而易舉。

桑梓を懐う
> 懷念故鄉。

葬式すんで医者話
> 後悔莫及。

宋襄の仁
> 宋襄之仁。指不知變通且婦人之仁者。

草食男子
> 草食男子。

滄桑の変
> 滄海變桑田。

総領の甚六
> 長子因為受到較多疼愛,個性會比較寬厚、遲鈍。傻老大。

疎外
> 疏遠。疏離。不理睬。

惻隠の心は仁の端
> 惻隱之心,仁之端也。

底堅い
> (經濟)行市堅穩。

底が浅い
　　膚淺。沒有內涵。基礎不牢。

底を入れる
　　喝酒。（價錢）跌到最低限度。

底を突く
　　用盡。用光。（股市）跌到最低
　　線。

底を払う
　　用盡。用光。毫不保留。

底を割る
　　表明內心。開誠佈公。（行情）
　　跌破最低大關。

底を割って話す
　　推心置腹的談話。

底気味悪い
　　覺得恐怖、不舒服。毛骨悚然。

底知れない
　　無可估計。高深莫測。

素知らぬ顔
　　佯裝不知。

俎上に載せる（上す）
　　提出來批評或討論。

そつがない
　　完美。無缺點。無懈可擊。

そっぽを向く
　　不加理睬。

袖に食う
　　藏在袖子裡。

袖に縋る
　　求助。乞憐。哀懇。

袖にする
　　疏遠。不理睬。冷眼看待。

袖になる
　　被拋棄。被甩。

袖の乾かぬは女の身
　　女人好哭。

袖の下
　　賄賂。

袖を連ねる
　　連袂。

袖をぬらす
　　落淚。哭泣。

袖を引く

引誘。勾引。偷偷提醒。暗示。

袖（そで）を分（わ）かつ

　　恩斷義絕。

袖（そで）すり合（あ）うも他生（たしょう）の縁（えん）

　　萍水相逢自是有緣。

外（そと）を家（いえ）にする

　　常常在外。不回家。

備（そな）えあれば患（うれ）いなし

　　有備無患。

備（そな）わらんことを一人（いちにん）に求（もと）むるなかれ

　　勿求全於一人。

其（そ）の一（いち）を知（し）りて其（そ）の二（に）を知（し）らず

　　知其一，不知其二。

其（そ）の国（くに）に入（い）れば其（そ）の俗（ぞく）に従（したが）う

　　入其國者從其俗。入境隨俗。

その位（くらい）にあらざれば其（そ）の政（せい）を謀（はか）らず

　　不在其位，不謀其政。

そのつもりで（いなさい）

　　等著瞧吧！

そのつもりになる

　　下決心。

その手（て）は桑名（くわな）の焼蛤（やきはまぐり）

　　不爲花言巧語所惑。

その疾（はや）きこと風（かぜ）の如（ごと）く、その徐（しず）かなること林（はやし）の如（ごと）し

　　其疾如風，其徐如林。

その日（ひ）その日（ひ）の風次第（かぜしだい）

　　隨運氣混日子。

その人（ひと）を知（し）らざればその友（とも）を見（み）よ

　　可觀其有而知其人。

その右（みぎ）に出（い）ずるものなし

　　無出其右者。

そのものずばり

　　直截了當。不兜圈子。

祖父（そふ）は辛労（しんろう）、子（こ）は楽（らく）、孫（まご）は乞食（こじき）

　　祖父創業，兒子享受，孫子討飯。

粗末（そまつ）にする

　　漫不經心地對待。浪費。（怠慢）待人。

空聞（そらき）かず

　　佯裝聽不見。裝聾。

空知（そらし）らず

佯裝不知。

空で覚える

憑腦子記。

空で読む

背誦。

空飛ぶ鳥も落とす

勢力很大。

空吹く風と聞き流す

充耳不聞。假裝沒聽到。

空耳

好像聽到。幻聽。聽錯。充耳不聞。

空を使う

假裝不知。

反りが合わない

脾氣不合。

算盤が合う

合算。

算盤が高い

以得失爲第一想的。

算盤が堅い

對於利害得失不馬虎（堅實）。

算盤を弾く

打算盤。考慮有利與否。計算。

損して得取れ

吃虧就是佔便宜。

損せぬ人に儲けなし

不想賠本的人賺不到錢。

樽俎折衝

折衝樽俎。在酒席中談笑間進行的交涉。引申爲國際間的外交談判。

存亡禍福己のみ

存亡禍福皆己而已。

148

た

鯛も一人は旨からず

人多菜香。

体当たり

全力以赴。拼命幹。

大恩は報ぜず

大恩不報。

大海の一粟

滄海之粟。

大廈の顛れんとするは一木の支うる所にあらず

大廈將傾非一木能支。

大願成就

大願成就。完成大的願望。

大旱に雲霓を望むが如し

如大旱之望雲霓。

対岸の火事

隔岸觀火。

大吉は凶に還る

大吉還凶。

大疑は大悟の基

大疑者大悟之基也。

大器晩成

大器晩成。

大魚は小池にすまず

大魚不棲小池。大材不能小用。

大軍に関所なし

大軍難擋。

大賢は愚かなるが如し

大智若愚。

太鼓もばちの当たりよう

人情一把鋸，你不來，我不去。

不同的作法有不同的反應。

太鼓を叩く

奉承。隨聲附和。逢迎。

大功は拙なるが如し

大巧若拙。

大行は細謹を顧みず

大行不顧細謹。不拘小節。

大功を成す者は衆に謀らず

　成大功者，不謀於眾。

大黒柱と腕おし

　以卵擊石。

太鼓判を押す

　絕對保證。打包票。

大根を正宗で切る

　牛鼎烹雞。獅子搏兔。大材小
用。

泰山は土壌を譲らず故にその大を成
す

　泰山不讓土壤，故能成其高。

泰山北斗の如し

　泰山北斗。

大山鳴動して鼠一匹

　雷聲小，雨聲大。虎頭蛇尾。

大事の前の小事

　想成大事，不能忽略小事。爲了
成大事，無妨放棄小事。

大事は小事より起こる

　大事由小事引起。

大事を取る

　謹愼從事。作事小心。

大事小に化し小事無に化す

　大事化小，小事化無。

大食腹に満つれば学問腹に入らず

　肉重千觔，智無一兩。腦滿腸
肥，不學無術。

大所高所

　放大眼光，站在高處。

大尽風を吹かす

　擺闊。站在高處。

橙が赤くなれば医者の顔が青くなる

　橙子變紅，醫生臉青。

大智は愚の如し

　大智若愚。

大敵と見て恐るるなかれ小敵と見て
侮るなかれ

　見大敵不畏懼，見小敵不輕侮。

大同小異

　大同小異。

台無しになる

　沒有用了。弄壞了。糟蹋了。

鯛の尾より鰯の頭

　寧爲雞首，不爲牛後。

大の虫をいかして小の虫を殺す

　（不得已時）要犧牲小的而挽救
　大的。棄卒保帥。

大は小をかねる

　以牛刀割雞可，以雞刀屠牛難。
　大可兼小用。

大病に薬なし

　病入膏肓。無藥可救。無計可
　施。

太平楽

　信口開河。

大木は風に折られる

　樹大招風。

太陽族

　荒唐無稽的年輕人。

大欲は無欲に似たり

　大欲似無欲。

倒れても土をつかむ

　摔倒了也不自己爬起來。

斃れて後已む

死而後已。

倒れぬ先の杖

　三思而後行。未雨綢繆。

高いものにつく

　費錢。

高が知れる

　有限的。沒什麼了不起。

高飛びする

　遠走高飛。逃跑。

高嶺の花

　高不可攀。可望而不可得。

鷹派

　強硬派（主張強硬作風的人
　們）。

鷹は飢えても穂をつまず

　節義之士雖窮，但不貪無義之
　財。

高みの見物

　坐山觀虎鬥。作壁上觀。袖手旁
　觀。

宝の持ち腐れ

　暴殄天物。空藏美玉。

宝の山に入りながら、手を空しくして帰る

　入寶山空手而歸。

高を括る

　瞧不起。輕視。不當一回事。

たがをはずす

　免去一切拘束。

薪に油を添える

　火上加油。

薪を抱きて火を救う

　抱薪救火。

多岐亡羊

　岐路多亡羊。

多芸は無芸

　樣樣精通，但樣樣稀鬆。

竹に油をぬる

　如簧之舌。善辯。

竹のカーテン

　竹幕（亞洲共產主義與資本主義的境界線）。

竹の子親まさり

　歹竹出好筍。

竹の子生活

　靠典當衣服度日。出賣衣服家具等物度過的生活。

竹屋の火事

　暴跳如雷。心直口快。

竹藪に矢を射る

　白費力氣。徒勞無功。

竹を割ったよう

　心直口快的。乾脆的。

蛸の共食い

　同類相殘。

蛸配（蛸配当）

　公司沒有盈餘而動用資本分紅。

ダサイ

　趕不上時代。土里土氣，鄉巴佬。

他山の石とする

（＝他山の石以て玉を攻むべし）

　他山之石可以攻玉。前車之鑑。

だしに使う

　當作工具。使用手段、方法。

152

蛇心仏口

　口蜜腹劍。

多勢に無勢

　寡不敵眾。

蛇足を添う

　畫蛇添足。

叩けば埃が出る

　吹毛求疵。沒有找不出的缺點。

ただのねずみではない

　他不是一個平凡的人。

多多益益弁ず

（＝多多益益善し）

　多多益善。

畳の上の怪我

　在安全的草墊上也會負傷。

畳の上の水練

　紙上談兵。

ただより高いものはない

　天下沒有白吃的午餐。拿人手
　短。吃人嘴軟。

たたらを踏む

踩大風箱。踩腳後悔。蹬空。

駄駄をこねる

　撒嬌。折磨人。鬧人。

立ち往生

　進退兩難。

立ち寄らば大樹のかげ

　靠著大樹有柴燒。

立つ瀬がない

　沒有立場。處境困難。

立つ鳥あとを濁さず

　君子絕交不出惡聲。

手綱をゆるめる

　口若懸河。

立て板に水

　說話流利。口若懸河。

蓼食う虫もすきずき

　人各有所好。百人吃百味。

盾に取る

　藉口。作擋箭牌。

伊達の薄着

　愛美不怕流鼻水。

盾の半面

片面。事情的一面。

縦の物を横にもしない

油瓶倒了也不扶。置之不理。

楯の両面を見よ

兩面顧到。

立てば歩めの親心

爬了望站，站了望走。

盾（を）突く

反抗。

棚から牡丹餅

喜從天降。

掌を返すよう

易如反掌。翻臉不認人。

掌を指す

瞭若指掌。毫無疑問。

掌の中

玩弄於股掌中。

棚に上げる

佯作不知。置之不理。擱起。

棚から牡丹餅。

棚の物を取って来るよう

　如探囊取物，不費吹灰之力。

他人のことを顧みない

　自掃門前雪。

他人の疝気を頭痛に病む

　爲別人的事擔心。

他人の空似

　（不是親人）偶然相貌酷似。

他人の念仏で極楽参り

　借花獻佛。

他人の飯は白い

　隔鍋飯香。家花不如野花香。

他人の飯を食う

　拋家在外。歷經艱苦。

狸寝入り

　裝睡。

種のない手品は使われぬ

　空手變不了戲法。巧婦難爲無米
　之炊。

種をまく

　播種。

楽しみ尽きて哀しみ来たる

　樂極生悲。

頼みの綱

　依靠的憑據（辦法、希望）。

束になって掛かる

　群起而攻之。

旅の恥はかき捨て

　在外丟臉沒關係。旅行在外無相
　識，言行出醜也無所顧忌。

旅は憂いもの辛いもの

　客愁。在外一時難。遠行辛苦。

旅は道連れ世は情け

　出門靠朋友。處世要互助。

食べ友

　飯友。

ダフ屋

　賣黃牛票的人。

ダベる

　聊天。

魂を入れ替える

　脫胎換骨。重新做人。

卵と誓約は破れ易し

　盟誓如同水中月。

玉転ばすような声

　清脆悅耳的歌聲。

玉となって砕くとも瓦となって全からじ

　寧爲玉碎，不爲瓦全。

玉にきず

　美中不足。

玉の輿に乗る

　嫁入豪門。

玉琢かざれば器を成さず　人学ばざれば道を知らず

　玉不琢不成器，人不學不知義。

玉磨かざれば光なし

　玉不琢不成器。

黙り虫壁を通す

　恬恬吃三碗公。

玉を抱いて罪あり

　懷璧其罪。

民の声は天の声

　民聲即天聲。

惰眠をむさぼる

　貪睡懶覺。無所事事。

為にする

　有所爲，別有用心。

為になる

　有好處。有用處。

矯めるなら若木のうち

　教子嬰兒，教妻初來。（喻）教育應須從小開始。

駄目を押す

　（圍棋）塡空眼。叮問。

袂を分かつ

　斷絕關係。分手。各奔前程。

便りのないのは良い便り

　無事便是福。沒消息就是好消息。

足るを知れば辱められず

　知足常樂，終身不辱。

誰か烏の雌雄を知らんや

　誰知烏之雌雄。極相似難以區別。

たれこみ屋

線民。

誰にも譲らない

不讓給別人。

胆がすわる

有膽量。

啖呵を切る

叫罵。大喝。

短気は損気

急性子吃虧。欲速則不達。

短気は短命

急性子短命。

断金の契り

刎頸之交。斷金之契。

団結は力なり

只要人手多，牌樓搬過河。團結
就是力量。

男子家を出ずれば七人の敵あり

男人出門七人敵。喻男子出社會
有許多對手。

団子に目鼻

圓臉龐。

男子の一言四馬も及ばず

一言既出，駟馬難追。

断じて行えば鬼神もこれを避く

斷而敢行，鬼神避之。

胆大心小

膽大心細。

だんだんよくなる法華の太鼓

漸入佳境。倒吃甘蔗。

胆斗の如し

膽大如斗。非常大膽。

断末魔

臨終。死前。痛苦得要死。

短慮功を成さず

性躁不能成功。

短を捨て長を取る

捨短取長。

た

157

ち

血が上る

　（興奮或生氣）腦充血。

血で血を洗う

　骨肉相殘。以血洗血。以牙還
　牙。

血に飢える

　充滿殺機。

血の余り

　最小的兒子。

血の雨を降らす

　血肉橫飛。

血の出るような金

　命根子似的錢。血汗錢。

血の巡り

　理解力。血液循環。

血は水よりも濃い

　血濃於水。

血みどろの努力

　奮不顧身。

血も涙もない

　冷酷無情。

血を吐く思い

　沉痛。痛心。

血を払う

　完全消失。一掃而光。

血を引く（＝筋を引く）

　繼承血統。

血を分ける

　至親骨肉。有血統關係。

地に落ちる

　墜地。摔落。

地の利は人の和に如かず

　地利不如人和。

地の利を得る

　得地利。

治にいて乱を忘れず

　治而不忘亂。太平治世不忘武
　備。

小さな火も原を焼くことができる

　星星之火，可以燎原。

知恵の持ち腐れ

　雖有智慧而不能應用。

知恵は小出しにせよ

　逢人且說三分話，未可全抛一片心。

知恵を貸す

　出主意。出謀劃策。

知恵を絞る

　絞盡腦汁。

近くて見えぬは睫

　近而不見的是睫毛。

近しき中にも礼儀あり

　親密中禮儀在。

地下に潜る

　潛入地下（進行政治、社會活動等）。

力おとし

　灰心。氣餒。洩氣。

力及ばず

　力不從心。

力を合わせる

　同人協力。

池魚の殃

　殃及池魚。

竹馬の友

　青梅竹馬之交。

智者の一失

　智者一失。

智者は惑わず勇者は恐れず

　智者不惑，勇者不懼。

痴人夢を説く

　痴人說夢話。不足憑信。

チャキチャキ

　紅人。得意的。道地的。

ちゃちな

　簡陋的。小小的。

ちゃっかり

　貪小便宜。

チャッカリ屋

　能幹精明的人。不吃虧的人。老奸巨猾。

茶にする

　嘲弄人。

茶腹も一時

　聊勝於無。

ちやほやする

　阿諛奉承。

チャラい

　輕浮，吊兒郎噹。

ちゃらんぽらん

　胡說八道的（人）。不可靠的
　人。

チャリ

　腳踏車。

ちゃんちゃら可笑しい

　滑稽之至。可笑極了。

忠勤を抜きんでる

　全心全意地服務。鞠躬盡瘁。

中原に鹿を逐う

　逐鹿中原。

忠言耳に逆らう

　忠言逆耳。

宙に浮く

　浮在天上。中止。

中流に船を失えば一瓢も千金

　中河失船，一壺千金。

朝三暮四

　朝三暮四。

調子がつく

　起勁。

調子に乗る

　得意忘形。

長者の万灯より貧者の一灯

　千里送鵝毛，禮輕情意重。出自
　於誠者，雖少卻可貴。

提灯で餅をつく

　不能得心應手。不得要領。

提灯に釣鐘

　彼此分量懸殊。不相稱。

提灯をもつ

　（替旁人）捧場。吹噓。

張本人

　罪魁。首謀。

160

頂門の一針

当頭棒喝。当頭一棒。

朝令暮改

朝令夕改。

塵も積もれば山となる

積少成多。積塵成山。集腋成
裘。

血湧き肉躍る

摩拳擦掌。躍躍欲試。

チンピラ

小瘪三。小混混。

沈黙は金

沈默是金。

ち

塵も積もれば山となる。

つ

ついている（ついてる）

運氣好。幸運的。

杖とも柱とも頼む

非常依賴。

杖に縋るとも人に縋るな

靠山山倒，靠人人跑，靠自己最
好。

杖も孫ほどかかる

拐杖也比得上孫子可靠。

杖を引く

散步。閒遊。

杖を休める

止步。停步。

使いに行く

（被打發出去）辦事。

使う者は使われる

用人的人，先被人用。

付かず離れず

不即不離。

付きが回る

時來運轉。

月とすっぽん

天壤之別。

月に叢雲花に風

好事多磨。好景不常。

継ぎはぎだらけ

東拼西湊。

月日に関守無し

光陰易逝。歲月攔不住。

月満つれば則ち虧く

月滿則虧。物極必反。

付焼き刃

臨陣磨槍。臨時抱佛腳。

月夜に釜を抜く

太大意。太疏忽。

月夜に提灯

畫蛇添足。沒必要。多餘。

告げ口
打小報告。

辻褄を合わせる
前後吻合。合於條理。

土になる
化爲塵土。死。

土一升に金一升
寸土寸金。土地昂貴。

土がつく
（角力）輸。敗。

槌で大地を叩く
以錘擊地，每擊必中。

土仏の水遊び
泥菩薩過河，自身難保。

土仏の水なぶり
不知大禍臨頭。

土仏の夕立に逢ったよう
有如落雞湯。

津津浦浦に知られたる
家喻戶曉。到處皆知。

美人局
仙人跳。美人計。

津波
海嘯。

常なき
無常。

常ならぬ
非常。不平常。

角突き合わせる
衝突。鬧彆扭。

角を折る
放棄己見。態度軟化。棄械投降。

角を出す
女性吃醋生氣。

角を矯めて牛を殺す
矯枉過正。磨瑕毀玉。

唾をつける
爲了不讓人奪走，而使出手段。

潰しがきく
形容在辭職或畢業後，所學到的能力足以應付其他工作的職業或學科。

163

罪死を容れず
罪不容誅。死有餘辜。

罪のない
無害處的。天眞無邪的。

つむじ曲がり
彆扭（的人），乖僻。龜毛。

つむじを曲げる
鬧彆扭。擺臭臉。

爪で拾って箕でこぼす
滿地拾芝麻，大簍灑香油。撿了
芝麻丟了西瓜。

爪に火をともす
吝嗇鬼。

爪の垢ほど
少得可憐。微不足道。

爪の垢を煎じて飲む
效仿某人。模仿別人。

爪を立てるところもない
無立足之地。

詰め寄る
逼緊對方。要求回答。

露の命
人生如朝露。

強いばかりが武士ではない
僅武藝高強不是眞正的武士。

強い者勝ち
弱肉強食。

面から火が出る
（＝顔から火が出る）
羞愧得面紅耳赤。

面で人をきる
驕傲自大。

面の皮の千枚張り
厚顏無恥。

面の皮を剥ぐ
撕破別人的臉皮。叫人丟臉。

面を膨らす
板起面孔。

面を見ろ
活該。

釣り落とした魚は大きい
（＝逃がした魚は大きい）

脱鉤的魚兒大。死去的孩子乖。

吊るし上げる

吊掛起來。群眾責問。嚴厲指責。

鶴の鶏群に立つが如し

鶴立雞群。

鶴の一声

登高一呼。

鶴は千年亀は万年

千年鶴，萬年龜。長命百歲。

弦を放れた矢

離弦之箭。有去無回。

連れに連れがいる

反而添麻煩。幫倒忙。

ツンデレ

指對其他人愛理不理，但在喜歡的人面前卻很嬌羞的人。傲嬌。

聾に鼓

對牛彈琴。

面から火が出る。

て

手<small>て</small>が上<small>あ</small>がる

　本領提高。字體進步。酒量增加。

手<small>て</small>が後<small>うし</small>ろに回<small>まわ</small>る

　被逮捕。

手<small>て</small>が切<small>き</small>れる

　關係斷絕。

手<small>て</small>が付<small>つ</small>けられない

　無計可施。

手<small>て</small>が届<small>とど</small>く

　力所能及（多用否定）。細心周到。快到（某個年齡）

手<small>て</small>がない

　人手不足。沒有辦法。

手<small>て</small>が長<small>なが</small>い

　三隻手。好偷東西。

手<small>て</small>が入<small>はい</small>る

　警察介入調査。加筆。修正。

手<small>て</small>が離<small>はな</small>れる

　不再從事。

手<small>て</small>に汗<small>あせ</small>を握<small>にぎ</small>る

　捏一把汗。提心吊膽。

手<small>て</small>に掛<small>か</small>ける

　親自動手（處理、照料）。

手<small>て</small>に負<small>お</small>えない（＝手<small>て</small>に余<small>あま</small>る）

　應付不了。

手<small>て</small>に付<small>つ</small>かない

　沉不下心。不能專心從事。

手<small>て</small>にする

　自己拿。搞到手。

手<small>て</small>に取<small>と</small>るよう

　非常清楚（明顯）。

手<small>て</small>に乗<small>の</small>る

　上當。中計。

手<small>て</small>の内<small>うち</small>に丸<small>まる</small>め込<small>こ</small>む

　巧妙攏絡。隨意操縱。

手<small>て</small>のうらを返<small>かえ</small>すよう

166

翻臉。

手の舞い足の踏む所を知らず
心中歡喜不禁手舞足蹈。

手も足も付けられない
手足無措。無從下手。

手も足も出ない
一籌莫展。毫無辦法。

手を合わせる
合掌。作揖、懇求。

手を打つ
拍手鼓掌。達成協議。採取必要措施。

手を替え品を替え
採取各種辦法。用盡一切手段。

手を貸す
幫助別人。

手を借りる
（不沾手）不用自己動手。

手を下す
親自動手。採取措施。

手を拱いて傍観する
袖手旁觀。

手を拱く（＝手を袖にする）
袖手旁觀。作壁上觀。

手を染める
著手。開始。

手を尽くす
用盡各種手段。

手を付ける
著手進行。干涉。

手を握る
攜手合作。和解。

手を抜く
潦草從事。偷工減料。

手を引く
牽手帶路。抽手。

手を振る
擺手（拒絕）。招手（示意、打招呼）。

手を回す
預先採取措施（安排佈置）。

手を焼く

嘗到苦頭（不想再試）。束手無策。一籌莫展。

手を煩わす

請別人幫助。麻煩別人。

手足が棒になる

四肢累得發直。

手足を擂粉木にする

東奔西走。

定額給付金

定額給付金（消費券）。

低姿勢

向對方表示謙遜（自卑）的態度。

手痛い

厲害的。嚴重的。

亭主の好きな赤烏帽子

主人不合理的要求家人也必需服從。

亭主関白

大男人主義。

低調

不熱烈。不暢旺。

低迷期

呆滯難以伸展上升的時期。

でかい

大的。

てかさあ

可是。

出稼ぎ

利用農閒期外出賺錢。

でかでかと出る

大大地寫（登）出來。

手柄顔をする

居功自傲。

できない相談

辦不到的事。

敵に款を通じる

通敵。

てきぱきする

做地敏捷伶俐。

敵は本能寺にあり

聲東擊西。醉翁之意不在酒。真正的意圖不在此。

敵もさるものひっかくもの
不可輕敵。

敵を見て矢を矧ぐ
臨渴掘井。

手ぐすねを引く
摩拳擦掌。嚴陣以待。

手車に乗せる
玩弄手腕。任意操縱。

デケェー
很大的。

手功より目功
眼力勝於手上工夫。

梃子でも動かぬ
紋絲不動。堅持己見。

デコる
裝飾（手機、記事本、包包等）。

手塩にかける
親手精心培育。

弟子を見ること師にしかず
知弟子者莫若師。

手玉に取る
撥弄人。任意擺佈人。

出鱈目
荒唐。胡亂。

でっち上げ
憑空捏造。

鉄中の錚錚
鐵中錚錚。喻在許多的平庸之輩中，僅有少數優異者。

徹頭徹尾
徹頭徹尾。

鉄は熱いうちに打て
打鐵趁熱。把握時機。

鉄板
絕對的，肯定的。

手取り足取り
盡心指導。傾囊相授。

…でなくては夜も日も明けない
要是沒有…就過不下去。

手八丁口八丁
（＝口も八丁手も八丁）

又有本領又有口才。既能幹又能說。

出日拝む者はあっても入り日拝む者なし

蒸蒸日上者人人拜，没落下者無人理。走上坡路人人尊敬，走下坡路没人搭理。

でぶ

胖子。

出船によい風は入り船に悪い

肥了驢子，痩了馬。

手前味噌

自吹自擂。

出物腫れ物所嫌わず

放屁生瘡不擇地方。

手盛を食わされる

害人害己。

出る杭は打たれる

樹大招風。

手練手管を使う

耍花招。

天に口無し人を以て言わしむ

天無口，人代言。

天に逆らうものは滅びる

逆天者亡。

天に唾する

害人反害己。

天にも地にも掛け替え無い

絶無僅有。

天の作せる禍はなお違くべし自ら作せる禍はのがるべからず

天作孽猶可違，自作孽不可活。

天の配剤

巧妙的配合。

天の美禄

酒。酒是天之美食。

天は高きに居って卑きに聞く

天高聽卑。

天は人の上に人を造らず、人の下に人を造らず

人生而平等。

天は自ら助くる者を助く

天助自助者。

170

天衣無縫
てんいむほう

　天衣無縫。

伝家の宝刀を抜く
でんかのほうとうをぬく

　攤出最後的王牌。

天狗になる
てんぐ

　翹尾巴。自負。

天災は忘れたころにやってくる
てんさい　　わす

　天災在人遺忘時降臨。

天知る地知る我知る子知る
てんし　　ちし　　われし　　しし

　天知，地知，我知，你知。

天井知らず
てんじょうし

　（物價或匯率）不斷升高。

天真爛漫
てんしんらんまん

　喻單純，明朗快活。

転石こけを生ぜず
てんせき　　　しょう

　滾石不生苔。

天高く馬こゆる
てんたか　　うま

　天高馬肥。

でんと構える
かま

　表現鎮靜的態度。沉甸甸的。

天馬空を行く
てんばくうをゆく

　天馬行空。

天秤に掛ける
てんびん　か

　踩兩艘船。衡量雙方的利害，得
失或比較雙方的優劣輕重。

天網恢恢疎にして漏らさず
てんもんかいかいそ　　　　　も

　天網恢恢，疏而不漏。

てんやわんや

　混亂。天翻地覆。

天を敬して人を愛す
てん　けい　　　ひと　あい

　敬天而愛人。

と

頭角を現す
_{とうかく あらわ}

顯露頭角。

灯火親しむべし
_{とう か した}

秋涼適宜燈下讀書。

東家に食して西家に眠らん
_{とう か しょく せいか ねむ}

腳踏兩條船。

同気相求む
_{どう き あいもと}

同氣相求。

桃源郷
_{とうげんきょう}

世外桃源。

峠を越す
_{とうげ こ}

過高峰期。走下坡。

同工異曲
_{どうこう い きょく}

異曲同工。

東西を弁ぜず
_{とうざい べん}

不辨東西。不懂事理。

同日の論ではない
_{どうじつ ろん}

不可同日而語。

道場破りに来る
_{どうじょうやぶ く}

踢館。

燈心で竹の根をほるよう
_{とうしん たけ ね}

勞而無功。

燈心で須弥山を引き寄せる
_{とうしん しゃみせん ひ よ}

怎麼也辦不到。螞蟻撼泰山。

唐人の寝言
_{とうじん ねごと}

莫名其妙的話。不知所云。

盗賊にも三分の利
_{とうぞく さん ぶ り}

盜亦有道。

燈台下暗し
_{とうだいもとくら}

丈八燈台，照遠不照近。

問うに落ちず語るに落ちる
_{と お かた お}

問到時三緘其口，不問時卻脫口
說出。不打自招。

問うは一時の恥、問わぬは末代の恥
_{と いっとき はじ と まつだい はじ}

問（向人請教）爲一時之恥，不
問爲一生之恥。

同病相憐れむ
_{どうびょうあいあわ}

172

同病相憐。

豆腐にかすがい

白費。徒勞。不起作用。

灯滅せんとして光を増す

迴光返照。

道理百遍義理一遍

道理百遍，義理一遍。

桃李門に満つ

桃李滿天下。

螳螂蝉を取らんと欲して黄雀のその傍に在るを知らず

螳螂捕蟬不知黃雀在後。

蟷螂の斧

螳臂當車。

ど偉い

非常偉大。非常（意外的）厲害。

遠いところの水では近くの火を消せない

遠水救不了近火。

遠きは花の香

家花哪有野花香。

遠きを知りて近きを知らず

知遠而不知近。

遠くの親戚より近くの他人

遠親不如近鄰。

十で神童十五で才子二十過ぎれば只の人

小時了了，大未必佳。

時に合う

碰到好時機。

時に従う

順應時勢。

時の氏神

節骨眼上來和解的人。

時の代官日の奉行

不怕官只怕管。現官不如現管。

時の人

紅人。轟動一時的人。

時は得難くして失い易し

時難得而易失。

時は金なり

時者金也。

173

時は人を待たず
　時不我待。歳月不待人。

ドキマギする
　慌張。

度肝を抜く
　使…大吃一驚。嚇破膽子。

時を移さず（＝時をかわさず）
　立刻。馬上。立即。

時を稼ぐ
　爭取時間。

時を稼ぐための計略
　緩兵之計。權宜之計。

時を待つ
　等待時機。

篤志家
　善心人士。慈善家。

徳は孤ならず必ず隣あり
　德不孤必有鄰。

読書三到
　讀書三到，眼到口到心到。

読書百遍義自ら見る
　讀書百遍，其義自見。

読書万巻を破る
　讀書破萬卷。

毒にも薬にもならぬ
　既無害也無益。可有可無。

毒薬変じて薬となる
　轉禍爲福。

毒を食らわば皿まで
　一不作二不休。

毒を取るより名を取れ
　金錢不如名譽。

毒を以て毒を制す
　以毒攻毒。

土下座
　伏地下跪。

どけち
　非常吝嗇。

棘のないバラはない
　沒有無刺的玫瑰。

何処の烏も黒さは変わらぬ
　天下烏鴉一般黑。

174

所変われば品変わる

　一個地方一個樣。十里不同風，千里不同俗。

所嫌わず

　不拘哪裡。到處。

何処吹く風

　若無其事。

ど根性

　不屈的精神。堅強的意志。

ドサクサ紛れ

　趁火打劫。趁亂

ドサ回り

　在地方巡迴演出（馬戲團、劇團）。鬧區的惡棍。

歳寒くして松柏の凋むに後るるを知る

　歳寒然後知松柏之後凋。

年問わんより世を問え

　別問年齡多大，要問經歷如何。

年には勝てぬ

　老衰而力不從心。年紀不饒人。老氣橫秋。

年の功

　年事高經驗多。閱歷豐富。

年は薬

　歲數大了經驗多。

年寄り風を吹かす

　倚老賣老。

年寄りと釘頭は引っ込むがよし

　年老更應退職。

年寄りの冷水

　不服老。老人不量力。

年寄の物忘れ、若い者の物知らず

　年老人易忘事，年輕人不懂事。

年寄れば欲深し

　越老越貪得。越上年紀越貪。

渡世を送る

　過活。

土壇場

　最後的場合。千均一髮之際。

土壇場に行かねば諦めがつかぬ

　不到黃河心不死。

トチリを演ずる

年事高經驗多。閱歷豐富。

トチる

説錯。犯錯。搞砸。

毒気を抜かれる

（被）嚇破膽。嚇得目瞪口呆。

どっちもどっちだ

雙方都不對。半斤八兩。

咄咄人に逼る

咄咄逼人。

トップを切る

首位。第一位。

隣のじんだ味噌

什麼都覺得旁人的好。

隣の疝気を頭痛に病む

替別人擔憂。

隣の花は赤い

花是人家的紅。家花不如野花香。

図南の翼

圖南之翼。喻想創大事業者的志向。

兎に角

無論如何，總之。

殿様暮らし

奢侈生活。豪華生活。

とばっちり

連累。牽連。

怒髪天を衝く

怒髮衝冠。做力所不及的事物。

駑馬に鞭打つ

鞭策能力差的。

飛入り果報

意外的幸運。

鳶が鷹を生む

子勝其父。青出於藍。

飛び込み出産

未經產檢即硬闖醫院生產。

鳶に油揚を取られたよう

因遭受意外損失而驚呆的樣子。

飛ぶ鳥の献立

操之過急。

飛ぶ鳥は落ちず

飛鳥不墜。喻世上沒有奇蹟。

飛ぶ鳥も落つ

　威震四海。

途方に暮れる

　不知如何是好。走投無路，無計
可施。

富みては驕り貧すればへつらう

　富而驕，貧而諂。

朋有り遠方より来る

　有朋自遠方來，不亦樂乎。

共稼ぎ共働き

　夫婦均工作。兩口子掙錢。

艫が廻らぬ

　遲鈍。心眼慢。

共に天を戴かず

　不共戴天之仇。

友は得難く失い易し

　知友難得而易失。

とやかく言う

　說三道四。

虎に翼

　如虎添翼。

虎の威を借る狐

　狐假虎威。

虎の尾を踏む

　如踏虎尾，冒極大的險。

虎の口を遁る

　虎口餘生。逃離虎口。

虎の子

　虎之子。喻不想使其離開手邊的
東西。

虎は死して皮を留め人は死して名を残す

　虎死留皮，人死留名。

虎は千里行って千里帰る

　虎行千里亦自歸。

虎を画いて犬に類する

　畫虎不成反類犬。

虎を野に放つ

　縱虎歸山。

捕らぬ狸の皮算用

　打如意算盤。指望過早。

銅鑼を打つ

　蕩盡財產。

177

取らんとする者は先ず与う

将欲取之，必固予之。

取り越し苦労

杞憂。自尋煩惱。

取り沙汰

談論。議論。傳說。

取付く島もない

無依無靠。沒有著落。無法接近。非常冷淡。

取り付け

擠兌。安裝。經常光顧同一間店。

鳥なき里の蝙蝠

山中無老虎，猴子稱大王。夜郎自大。

鳥の将に死なんとするその鳴くや哀し

鳥之將死，其鳴也哀。

鳥の両翼車の両輪

命運共同體。缺一不可。

鳥肌が立つ

起雞皮疙瘩。

とりま

鳥肌が立つ。

「とりあえず、まあ」的縮寫。

總之先這樣。

取るに足らぬ

微不足道。沒有價值。

ドル箱

搖錢樹。

取るものも取りあえず

匆匆忙忙。急忙。

泥を被る

主動負起責任。爲他人承擔責任。

泥を塗る

丟了面子。

泥を吐く

供出罪狀。

とろい

笨手笨腳。

泥棒を見て縄をなう

（＝泥棒を捕まえて縄をなう）

臨時抱佛腳。臨渴掘井。

ドロンする

逃之夭夭。跑掉了。失蹤。

団栗の背比べ

（其平庸程度）不相上下。半斤八兩。

呑舟の魚は枝流に游がず

呑舟之魚，不游支流。

とんだけー

太誇張了。

とんだ話だ

笑話。什麼話。

とんだ目に遇う

吃大虧。大觸霉頭。

飛んで火に入る夏の虫

飛蛾撲火。自取滅亡。

翔んでる女

追求時髦的現代派婦女。

とんとん拍子

一帆風順。順順利利的。

どんなに長い日も必ず暮れる

苦盡甘來。

貪欲で飽くことを知らない

貪求無饜。

と

MEMO...

な

名にし負う
名副其實。名不虛傳。

名に立つ
出名。

名の勝つははじなり
名不符實是恥辱。

名の下虛しいからず
名不虛傳。

名は体を表す
名詮自性。名表其實。

名を後世に遺す
垂名後世。

名あり実なし
有名無實。

無いが極楽知らぬが仏
無知無欲爲神仙。

ない袖は振れない
巧婦難爲無米之炊。

ない知恵を絞る
絞盡腦汁。搜索枯腸。

泣いて暮らすも一生　笑って暮らす
も一生
哭也一生，笑也一生。

泣いて馬謖を斬る
揮淚斬馬謖。

泣いても笑っても
不管想什麼辦法。

無い時の辛抱　有る時の倹約
貧時應堅忍，富時宜節約。

中を取る
折衷。採取中庸之道。

仲を裂く
離間。使…不和睦。

長生きは恥多し
活得越久，越有許多可恥的事。

長い目で見る
眼光放遠。

長い物に巻かれよ

　委屈求全。大樹底下乗陰涼。

長口上は欠伸の種

　長篇大論使人厭煩。

仲直り

　言歸於好。

長の別れ

　永別。

長持ちは枕にならず

　大東西不能代替小東西用。

流れに棹差す

　順水推舟。

流れる水は腐らず

　流水不腐。戶樞不螻。

泣き出しそうな空模様

　（陰沉）欲雨的天氣。

泣面に蜂

　禍不單行。屋漏偏逢連夜雨。

泣き寝入り

　忍氣吞聲。

泣きを入れる

　哭著道歉。哀求饒恕。苦苦哀
　求。

泣く子と地頭には勝てぬ

　對方不講理，毫無辦法。秀才遇
　到兵，有理講不清。

泣く子は育つ

　哭聲大的孩子好養。

無くて七癖あって四十八癖

　誰都會有怪癖。

泣く泣くも良い方を取る形見分け

　淚眼盯遺產。

鳴く猫はねずみを捕らぬ

　半瓶水響叮噹。會叫的貓不捉老
　鼠。好說的人反而做得少。

鳴く虫は捕らる

　會叫的蟲被捉，喻有一點技能反
　而失敗。甘井先竭。象有齒先焚
　其身。

なけなしの無駄遣い

　窮人亂花錢。

情けがあだ

　好心反成仇。

情け<ruby>は<rt></rt></ruby>人<ruby>ひと<rt></rt></ruby>のためならず

    投桃報李。積善因得善果。

梨<ruby>なし<rt></rt></ruby>の皮<ruby>かわ<rt></rt></ruby>は乞食<ruby>こじき<rt></rt></ruby>にむかせ瓜<ruby>うり<rt></rt></ruby>の皮<ruby>かわ<rt></rt></ruby>は大名<ruby>だいみょう<rt></rt></ruby>にむかせ

    適材適所。

梨<ruby>なし<rt></rt></ruby>も礫<ruby>つぶて<rt></rt></ruby>もせぬ

    杳無音信。一去無音訊。

謎<ruby>なぞ<rt></rt></ruby>をかける

    說話兜圈子。暗示。

名高<ruby>なだか<rt></rt></ruby>の骨高<ruby>ほねだか<rt></rt></ruby>

    名過其實。

ナツい

    懷念的。

成<ruby>な<rt></rt></ruby>っていない

    不成個樣子。糟糕極了。

夏<ruby>なつ<rt></rt></ruby>の虫<ruby>むし<rt></rt></ruby>雪<ruby>ゆき<rt></rt></ruby>を知<ruby>し<rt></rt></ruby>らず

    夏蟲不可語冰。喻見識淺薄。

七重<ruby>ななえ<rt></rt></ruby>の膝<ruby>ひざ<rt></rt></ruby>を八重<ruby>やえ<rt></rt></ruby>に折<ruby>お<rt></rt></ruby>る

    卑躬屈膝。低聲下氣。

七転<ruby>ななころ<rt></rt></ruby>び八起<ruby>やお<rt></rt></ruby>き

    百折不撓。不屈不饒。（人生）
沈浮無常。

七度<ruby>ななたび<rt></rt></ruby>たずねて人<ruby>ひと<rt></rt></ruby>を疑<ruby>うたが<rt></rt></ruby>え

    不可輕易懷疑別人。

何食<ruby>なにく<rt></rt></ruby>わぬ顔<ruby>かお<rt></rt></ruby>

    佯裝不知。若無其事（的樣
子）。

浪花節<ruby>なにわぶし<rt></rt></ruby>的<ruby>てき<rt></rt></ruby>

    拘泥於情義（的言動）。

鉈<ruby>なた<rt></rt></ruby>を貸<ruby>か<rt></rt></ruby>して山<ruby>やま<rt></rt></ruby>を伐<ruby>き<rt></rt></ruby>らる

    咎由自取。

ナマアシ

    女性穿鞋而沒穿絲襪。

名前負<ruby>なまえま<rt></rt></ruby>け

    名不符實。徒有其名。

生木<ruby>なまき<rt></rt></ruby>を裂<ruby>さ<rt></rt></ruby>く

    棒打鴛鴦（喻拆散情侶）。

怠<ruby>なま<rt></rt></ruby>け者<ruby>もの<rt></rt></ruby>の節句<ruby>せっく<rt></rt></ruby>働<ruby>ばたら<rt></rt></ruby>き

    平素偷懶落得年節窮忙。

生悟<ruby>なまざと<rt></rt></ruby>り

    未徹底了解。

生兵法<ruby>なまびょうほう<rt></rt></ruby>は大怪我<ruby>おおけが<rt></rt></ruby>の基<ruby>もと<rt></rt></ruby>

    一知半解吃大虧。

な

訛は国の手形

　郷音可代表籍貫。

涙に暮れる（＝涙に暗れる）

　流涙度日。涙眼迷濛。悲傷得不
　知如何是好。

涙に沈む

　悲痛不已。痛哭。

涙に咽ぶ

　放聲哭泣。

涙を飲む

飲泣（呑聲）。

涙をふるって

　揮涙…。

波（を）打つ

　起波浪。

波に乗る

　跟上潮流。

波にも磯にもつかぬ心地

　心情忐忑不安。

なめくじに塩。

184

なめくじに塩
しお

　　垂頭喪氣。

舐めた話
な　　　　はなし

　　瞧不起人。

習い性となる
なら　せい

　　習慣成自然。熟能生巧。

習うより慣れろ
なら　　　　な

　　學不如習慣。

奈落の底
ならく　そこ

　　十八層地獄。

ならぬ堪忍するが堪忍
かんにん　　　　　かんにん

　　忍不下去還要忍才是真忍。

並ぶ者がない
なら　もの

　　無人能及。

成金
なりきん

　　暴發戶。

なりふり構わず
かま

　　不管外表。不修邊幅。

縄に掛かる
なわ　か

　　（犯人）被捕。落網。

縄を打つ
なわ　う

　　綁縛罪人。

汝自身を知れ
なんじ じ しん　し

　　人貴自知。人要有自知之明。

南船北馬
なんせんほく ば

　　南船北馬。

なんだかんだと云う
い

　　說這個說那個。

なんでも来いに名人なし
こ　　めいじん

　　樣樣通，樣樣鬆

何の変哲もない
なん　へんてつ

　　毫不出奇。

ナンパする

　　搭訕。釣馬子。

に

荷が下りる

卸掉責任。減去負擔。

荷が勝つ

責任過重。負擔過重。

二の足を踏む

猶豫不決。

二の句が継げぬ

（＝二の句がつかない）

無言以對。楞住。

二の次にする

放在第二位。次要。

二の舞を演じる

重蹈覆轍。重演。

二の矢がつげぬ

無力再戰。筋疲力竭。無計可施。

煮え切らない

不乾脆的（人）。

煮え切らない態度

曖昧的態度。猶豫不決。

煮え切らない返事

曖昧的答覆。

煮え湯を飲まされる

被親信出賣。

ニート

尼特族。不去上班工作在家裡蹲。靠爸族。

二階から目薬

遠水救不了近火。毫無效驗。

逃がした魚は大きい

沒得到的是最好的。

苦虫を嚙み潰したよう

極不愉快的表情。面有難色。苦瓜臉。

憎さも憎し

恨入骨髓。

肉食女子

與肉食男子相反，指在感情上格外積極、有行動力的女性。

憎まれっ子世に憚る

好人不長命，禍害遺千年。討人厭惡的人反而得勢。

逃げも隠れもせぬ

絕不逃跑隱藏。不躲不藏。

逃げるが勝ち

走為上策。

錦を飾る

衣錦還鄉。

錦を着て故郷に帰る

衣錦還鄉。

二艘の船にまたがる

腳踏兩條船。騎牆觀望。

二足のわらじを履く

身兼兩種不兩立的職業。

似たもの夫婦

二階から目薬。

夫妻的性格相似，或相似的人會
成爲夫妻。

似_にたり寄_よったり
大同小異。半斤八兩。

日光_{にっこう}を見_みずして結構_{けっこう}というな
末見日光景色前，別言景色美。

煮_にても焼_やいても食_くえぬ
狡猾不好對付。拿他沒轍。

二度_{にど}あることは三度_{さんど}ある
事物再三反覆。一而再，再而
三。

二度_{にど}と再_{ふたた}び（…しない）
絕對不會再有。（用於否定）

二兎_{にと}を追_おう者_{もの}は一兎_{いっと}をも得_えず
貪心兩頭空。

にべもない
冷若冰霜。冰冷冷的。

二枚舌_{にまいじた}を使_{つか}う
說話前後矛盾。說謊。

女房_{にょうぼう}は家_{いえ}の大黒柱_{だいこくばしら}
主婦是家裡的頂樑。

睨_{にら}みが利_きく
有威力。能制服人。

二六時中_{にろくじちゅう}（＝四六時中_{しろくじちゅう}）
日夜。一整天。總是。

鶏_{にわとり}を割_さくにいずくんぞ牛刀_{ぎゅうとう}を用_{もち}いんや
殺雞焉用牛刀。大材小用。

鶏_{にわとり}を割_さくに焉_{なん}ぞ牛刀_{ぎゅうとう}を用_{もち}いん
殺雞焉用牛刀。大材小用。

任重_{にんおも}くして道遠_{みちとお}し
任重道遠。

人間到_{にんげんいた}る処青山_{ところせいざん}あり
人間到處有青山。

人間疎外_{にんげんそがい}
人際疏離。

ぬ

ぬえてき人物

　莫名奇妙的人。態度不明確的
　人。

糠に釘

　往糠裡釘釘子。無效。白費。徒
　勞。

糠働き

　勞而無功。徒勞。白費力氣。

ぬか喜び

　空歡喜。

抜からぬ顔

　時刻警惕著的神色。精明強幹的
　表情。

泥濘にはいる

　掉進泥潭裡。

泥濘に踏み込む

　陷進泥潭內。

抜き足差し足

　躡手躡腳。

ぬきにする

　省去…。

抜け駆けの功名

　搶頭功。

ぬけぬけとした奴だ

　厚顏無恥的傢伙。

盗人猛猛しい

　作了壞事還厚顏無恥。由偷變
　搶。

盗人に追い銭

　賠了夫人又折兵。

盗人に鍵を預ける

　開門揖盜。引狼入室。

盗人にも三分の理あり

　盜賊也有三分理。作了壞事也有
　幾分道理可辯解。

盗人の後の棒ちぎり

　賊走了才關門。放馬後炮。

盗人の昼寝

別有居心。爲了做壞事而做準
備。

盗人を捕まえて見ればわが子なり

（因事出意外）不好處理。進退
維谷。

盗人を見て縄を綯う

臨渴掘井。

ぬらくら口

滔滔不絕。喋喋不休。

ぬらくらもの

遊手好閒的人。懶惰蟲。

微温湯に入ったよう

老泡在那裡。

微温湯につかる

安於現狀。過安穩的日子。

濡れ衣

冤枉。冤罪。

濡れ手で粟

不勞而獲。

濡れぬさきこそ露をも厭え

一不作二不休。

濡れぬ前の傘

未雨綢繆。

濡れ鼠

落湯雞。

ね

根が深い
根深蒂固難以去除。複雜難以解決。

根がなくても花は咲く
無風起浪。無根據的謠傳。

音に泣く
放聲大哭。哭出聲。

根に持つ
懷恨在心。記仇。

音を上げる
發出哀鳴。表示受不了。

根を切る
根治。徹底根治（積弊、陋習）。

願ったり叶ったり
事從心願。稱心如意。

願ってもない事
求之不得的幸運。好事。福自天來。

猫が肥えれば鰹節が痩せる
有一得必有一失。一方得好一方遭殃。

猫が糞を踏む
把拾得的東西據為己有。做壞事而佯作不知。

猫に鰹節の番
虎口之肉。讓貓看守魚乾，隨時都有被吃掉的危險。

猫に小判
對牛彈琴。

猫の子一匹もいない
連一個人影也沒有。

猫の手も借りたい
忙得很。人手不足。

猫の額
地方狹窄。巴掌大的地方。

猫の前の鼠
如鼠見貓。

猫の目

變化無常。

猫の目のように変わる

變化無常。

猫は三年飼っても三日で恩を忘れる

貓容易忘恩。

猫ババ

把別人的，或是撿到的東西佔為己有。

猫も杓子も

不論張三李四。有一個算一個。

猫を被る

假裝老實。故作不知。

寝首を掻く

騙人。使人上大當。

寝覚めが悪い

夢寐不安。受良心苛責。

螺子を巻く

給…加油。鼓勵。加以推動。

鼠入らず

（防止老鼠侵入的）食櫥或碗櫃。

鼠が塩を引く

積少成多。

鼠を投たんと欲して器を恐る

投鼠忌器。

鼠を捕る猫は爪を隠す

眞人不露相。

寝た牛に芥かくる

什麼都不知道的人蒙受不白之冤。

寝刃を合わす

策劃陰謀活動。準備復仇。

熱鉄の涙

熱淚。

熱に浮かされる

因發高燒而胡言亂語。熱中。入迷。

熱を上げる

入迷。狂熱。

熱を吹く

豪言壯語。說大話。

ネットカフェ難民

以網咖為家的街友

192

根掘り葉掘り聞かれる

追根究底。打破沙鍋問到底。

根回しをする

為讓事情進展順利，事先打點，做好安排。

寝耳に水

晴天霹靂。事出偶然。

眠い煙い寒い

難以忍受的東西。

根も葉もない

毫無根據。憑空捏造。

寝る子は育つ

能睡的孩子好養活。

寝る子を起こす

自尋煩惱。

寝る程楽はない

睡覺最舒服。

念が入る

用心周到。

念が残る

有顧慮。下不了決心。

ね

根掘り葉掘り聞かれる。

193

念が晴れる

不再留戀。消除顧慮。

念には念を入れ

要再三地注意。

念の入ったうそ

挖空心思撒的謊。

念の過ぐるは無念

考慮過多容易迷惑。等於沒有考
慮。

念のため

爲求謹愼。提醒。

念もない事

意外的事。未曾設想過的事。

念を入れる

嚴加注意。留神。用心，全神貫
注。

念を押す

叮囑。囑咐。

年季を入れる

學徒。學習。鍛鍊。

年貢の納め時

惡人伏法。贖罪之日。不能不放
棄。

年年歳歳人同じからず

歳歳年年人不同。

念力岩をも通す

精誠所至金石爲開。

の

能ある鷹は爪を隠す
のう たか つめ かく

深藏不露。大智若愚。眞人不露
相。

能事畢る
のう じ おわ

責任已盡到。大功告成。

能書筆を択ばず
のうしょふで えら

善書者不擇筆。

囊中の物を探るが如し
のうちゅう もの さぐ ごと

如探囊取物。

能なし犬の高吠え
のう いぬ たか ぼ

會吠之狗不咬人。

脳味噌が足りない
のう み そ た

頭腦愚笨（的人）。笨蛋。

脳味噌を絞る
のう み そ しぼ

絞盡腦汁。挖空心思。

脳裏に閃く
のう り ひらめ

突然湧現在心頭。忽然想起。

～の大台に乗る
おおだい の

（數量、金額）突破…大關。

軒を争う
のき あらそ

鱗次櫛比。

軒を貸して母屋を取られる
のき か おもや と

喧賓奪主，恩將仇報。

残り物に福あり
のこ もの ふく

鍋底有福，越剩越有。吃剩飯有
福氣。

伸し上がる
の あ

向上爬。抬高身價。驕傲起來。

熨斗をつける
の し

情願贈送。無條件的奉送。

乗っ取る
の と

奪取。侵佔。

喉が鳴る
のど な

（看見好吃的東西）饞得要命。

喉から手が出る
のど て で

非常渴望得到。急於拿到手。望
眼欲穿。

喉元思案
のどもと し あん

195

不深思。

<ruby>喉元<rt>のどもと</rt></ruby>過ぎれば熱さを忘れる

好了傷疤忘了痛。忘恩負義。

のべつ<ruby>幕無<rt>まくな</rt></ruby>し

連續不斷地（進行）。沒完沒了。

のほほんとする

遊手好閒。滿不在乎。

<ruby>上<rt>のぼ</rt></ruby>り<ruby>坂<rt>ざか</rt></ruby>あれば<ruby>下<rt>くだ</rt></ruby>り<ruby>坂<rt>ざか</rt></ruby>あり

有走上坡路時，就有走下坡路時。

<ruby>上<rt>のぼ</rt></ruby>り<ruby>知<rt>し</rt></ruby>らずの<ruby>下<rt>くだ</rt></ruby>り<ruby>土産<rt>みやげ</rt></ruby>

沒有進過城的人卻說從城裡帶回來禮物。

<ruby>上<rt>のぼ</rt></ruby>り<ruby>大名<rt>だいみょう</rt></ruby><ruby>下<rt>くだ</rt></ruby>り<ruby>乞食<rt>こじき</rt></ruby>

揮霍無度。

<ruby>飲<rt>の</rt></ruby>み<ruby>食<rt>く</rt></ruby>いには<ruby>他<rt>た</rt></ruby>人<ruby>集<rt>にんあつ</rt></ruby>まり<ruby>憂<rt>う</rt></ruby>きごとには<ruby>親族<rt>しんぞくつど</rt></ruby>集う

朋友酒肉集，親人憂慮聚。

<ruby>呑<rt>の</rt></ruby>み<ruby>口<rt>くち</rt></ruby><ruby>上戸<rt>じょうご</rt></ruby>

喝醉酒好講道理的人。

<ruby>鑿<rt>のみ</rt></ruby>と<ruby>言<rt>い</rt></ruby>えば<ruby>槌<rt>つち</rt></ruby>

機靈。伶俐。舉一反三。

<ruby>蚤<rt>のみ</rt></ruby>の<ruby>皮<rt>かわ</rt></ruby>を<ruby>剥<rt>は</rt></ruby>ぐ

為小事擔心。

のらりくらりと<ruby>逃<rt>に</rt></ruby>げ<ruby>切<rt>き</rt></ruby>る

四兩撥千金。

<ruby>乗<rt>の</rt></ruby>り<ruby>掛<rt>か</rt></ruby>かった<ruby>船<rt>ふね</rt></ruby>

既然開始了，只好搞到底。一不做二不休。

<ruby>乗<rt>の</rt></ruby>り<ruby>気<rt>き</rt></ruby>になる

願意。起勁。

のるか<ruby>反<rt>そ</rt></ruby>るか

成敗在此一舉。孤注一擲。

<ruby>暖簾<rt>のれん</rt></ruby>を<ruby>分<rt>わ</rt></ruby>ける

分給他鋪底。

<ruby>暖簾師<rt>のれんし</rt></ruby>

賣假貨的奸商。

<ruby>暖簾<rt>のれん</rt></ruby>に<ruby>腕押<rt>うでお</rt></ruby>し

沒有搞頭。徒勞無功。

<ruby>飲<rt>の</rt></ruby>んだくれ

爛醉如泥。醉漢。酗酒者。

は

歯が浮くよう
（對輕佻的言行感到）肉麻。

羽がきく
有勢力。

歯が立たない
對手或問題遠超自己的程度，無法戰勝。

歯に合う
咬得動。合乎口味。

歯にきぬを着せぬ
直言不諱。

歯の根が合わない
冷得牙齒打顫。發抖。

歯の抜けたよう
殘缺不全。

歯を食いしばる
咬牙（指忍恨、忍痛）。

羽を生やしたように売れる
暢銷。

倍返し
加倍奉還

敗軍の将は兵を談ぜず
敗將不談兵。敗軍之將不言勇。

背水の陣を布く
決一死戰。背水一戰。破釜沉舟。

パーだ
回復原狀。

パーになる
互相抵消。

肺腑をえぐる
感人肺腑。

這えば立て立てば歩めの親心
父母殷切地盼望子女長大。

馬革に屍を裹む
以馬革裹屍。軍人死於戰場。

馬鹿と気違いはよけて通せ
敬而遠之，你不惹他，他不犯

197

你。少惹是非。

馬鹿と鋏は使いようで切れる

看似無用之物，只要用法正確就
會有用。人盡其才，物盡其用。

馬鹿な子ほど可愛い

癲痫頭的兒子是自己的好。

馬鹿にする

瞧不起。欺負。

馬鹿につける薬はない

不可救藥。病可醫，愚難治。

馬鹿にならない

不能小看。不可以瞧不起。

馬脚をあらわす

露出馬腳。

白紙に戻す

當作沒這回事。取消。恢復原
狀。依然故我。

拍車をかける

加速事情的進行。

薄氷をふむ

歯を食いしばる。

如履薄冰。

パクリ

抄襲。模仿。

パクる

張開大嘴吃。吞沒。詐騙、吞沒
鉅款的人。

化けの皮が剥がれる

（＝化けの皮を現す）

露出原形。原形畢露。

派遣切り

派遣解約。

ハズい

害羞、羞恥的。

箸の上げ下ろしにも小言を言う

日常生活中小小的動作（都要批
評）。吹毛求疵。到處找麻煩。
評頭品足。雞蛋裡挑骨頭。

橋渡しをする

當介紹人。當中間人。

馬耳東風

聽而不聞。馬耳東風。耳邊風。

旗色が悪い

處於劣勢。我方形勢不妙。

ばつ一

離過一次婚的人。

ばつが悪い

尷尬。難為情。丟臉。

はったりをかける

故弄玄虛。虛張聲勢。

ぱっとしない

不大精彩。不大好。

ばつ二

離過兩次婚的人。

発破をかける

激勵。打氣。

八方美人

八面玲瓏，四方討好。

八方塞がり

到處碰壁。一籌莫展。四面楚
歌。

抜本塞

拔本塞源。剷除禍根。

抜本的対策
ばっぽんてきたいさく

徹底的對策。根本的應付方法。

ばてる

累垮。

破天荒
は てんこう

破天荒。史無前例。前所未聞。

鳩が豆鉄砲を食ったよう
はと まめでっぽう く

（＝鳩に豆鉄砲）
はと まめでっぽう

事出意外。驚慌失措。（嚇得）
目瞪口呆。

鳩に三枝の礼あり烏に反哺の孝あり
はと さんし れい からす はんぽ こう

鳩有三枝之禮，鴉有反哺之恩。

鳩派
はと は

和平派。溫和派。

歯止めをかける
は ど

防止。抑制。

バトンを渡す
わた

交棒。交接工作給下一任。

鼻息があらい
はないき

氣勢高張。盛氣凌人。

鼻歌交じり
はなうた ま

哼著歌。輕鬆愉快。

花一時人一盛り
はないっときひとひとさか

繁花易盛人易老。

花形
はながた

名演員。明星。出名。流行的。

鼻が高い
はな たか

得意洋洋。驕傲。

鼻が曲がる
はな ま

惡臭撲鼻。

鼻毛を抜く
はなげ ぬ

騙人。

花盛り
はなざか

花盛開。妙齡。旺盛時期。

鼻先思案
はなさき し あん

只顧眼前，不管將來。

話がピーマン
はなし

內容空洞無物的講話。

話上手の仕事下手
はなしじょうず しごとべた

能說不能幹。

話上手に聞き下手
はなしじょうず き べた

能說不能聽。善口齒卻不聽他人

意見。

話にならない

不值一提。不像話。不成體統。

話に花が咲く

越談話越熱鬧。談笑風聲。

話に実を入れる

越談越起勁。

話半分腹八分

話信半分，腹飽八分。

鼻白む

露出怯懦的表情。

鼻っぱしらが強い

頑固。固執己見。

鼻であしらう

冷淡對待。愛理不理。

鼻で笑う

嘲笑。譏笑。恥笑。冷笑。

花に嵐

花有不測之災。好事多磨。

鼻にかかる

說話帶鼻音。驕傲自滿。

鼻にかける

炫耀。引以自豪。驕傲自大。

花に風

好事多磨。

花の下より鼻の下

賞花不如吃飽。

花は折りたし梢は高し

可望不可及。心有餘而力不足。

花は桜木人は武士

花中之王是櫻花，人之精華是武士。花數櫻花，人數武士。

鼻持ちならない

臭氣薰天。讓人討厭到看不下去。

花も実もある

有名有實。名實兼備。

花より団子

不求花俏但求實利。捨華求實。

鼻をあかす

乘人不備先下手。智勝。捷足先登。

鼻を折る

挫人鋭氣。

花_{はな}を咲_さかせる

使…熱鬧起來。花團錦簇。功成名就。

花_{はな}を持_もたせる

讓…臉上增光。把名譽、功勞讓給別人。

鼻_{はな}を突_つき合_あわす

面對面。擁擠。

鼻_{はな}を突_つく

（香味）撲鼻。

鼻_{はな}をつままれても分からぬ程_{ほど}の闇_{やみ}

黑得伸手不見五指。漆黑。

鼻_{はな}を鳴_ならす

（小孩）女人撒嬌。

羽抜_{はぬ}け鳥_{どり}のよう

一籌莫展。毫無辦法。

羽_{はね}が生_はえて飛_とぶ

物品暢銷。

羽_{はね}を伸_のばす

自由自在。無拘無束。

パパラッチ

狗仔隊。

幅_{はば}を利_きかす

發揮威勢。

羽振_{はぶ}りがよい

有錢。有勢。有地位。

パフォーマンスする

作秀。

浜_{はま}の真砂_{まさご}

不可勝數。

はみ出_だす

溢出。擠出。露出。

羽目_{はめ}を外_{はず}す

得意忘形。開心過頭。

早_{はや}い者_{もの}勝_がち

先下手爲強。捷足先登。

早_{はや}い者_{もの}に上手_{じょうず}なし

動作快的人不一定高明。

早起_{はやお}きは三文_{さんもん}の得_{とく}

早起三分益。早起的鳥兒有蟲吃。先下手爲強。捷足先登。

早合点
<ruby>早<rt>はや</rt></ruby><ruby>合<rt>が</rt></ruby><ruby>点<rt>てん</rt></ruby>

冒然斷定。草率行事。

<ruby>腹<rt>はら</rt></ruby><ruby>帯<rt>おび</rt></ruby>を<ruby>締<rt>し</rt></ruby>めてかかる

做好心理準備。下定決心。

<ruby>腹<rt>はら</rt></ruby>が<ruby>下<rt>くだ</rt></ruby>る（＝<ruby>腹<rt>はら</rt></ruby>をこわす）

瀉肚。

<ruby>腹<rt>はら</rt></ruby>が<ruby>黒<rt>くろ</rt></ruby>い

黑心腸。心術不正。

<ruby>腹<rt>はら</rt></ruby>が<ruby>据<rt>す</rt></ruby>わる

膽子大。沉著冷靜。

<ruby>腹<rt>はら</rt></ruby>が<ruby>立<rt>た</rt></ruby>つ

生氣。

<ruby>腹<rt>はら</rt></ruby>が<ruby>太<rt>ふと</rt></ruby>い（＝<ruby>太<rt>ふと</rt></ruby>っ<ruby>腹<rt>ぱら</rt></ruby>）

度量大。器量大。

<ruby>腹<rt>はら</rt></ruby>が<ruby>減<rt>へ</rt></ruby>っては<ruby>軍<rt>いくさ</rt></ruby>ができぬ

餓著肚子不能打仗。不吃飽什麼也幹不了。

<ruby>腹<rt>はら</rt></ruby><ruby>立<rt>た</rt></ruby>てるより<ruby>義理<rt>ぎり</rt></ruby><ruby>立<rt>た</rt></ruby>てよ

人情留一線，日後好相見。

<ruby>腹<rt>はら</rt></ruby>に<ruby>一物<rt>いちもつ</rt></ruby>

心懷鬼胎。居心叵測。另有企圖。

<ruby>腹<rt>はら</rt></ruby>に<ruby>据<rt>す</rt></ruby>え<ruby>兼<rt>か</rt></ruby>ねる

忍無可忍。

<ruby>腹<rt>はら</rt></ruby>の<ruby>虫<rt>むし</rt></ruby>が<ruby>収<rt>おさ</rt></ruby>まらない

怒氣不息。

<ruby>腹<rt>はら</rt></ruby><ruby>八分<rt>はちぶ</rt></ruby>に<ruby>医者<rt>いしゃ</rt></ruby>いらず

肚子經常吃八分飽，可以不鬧病，不看醫生。

はらはらする

提心吊膽的。

<ruby>腹<rt>はら</rt></ruby>も<ruby>身<rt>み</rt></ruby>の<ruby>内<rt>うち</rt></ruby>

肚子是自己的。食不過量。

<ruby>腸<rt>はらわた</rt></ruby>がちぎれる

肝腸寸斷。

<ruby>腸<rt>はらわた</rt></ruby>が<ruby>煮<rt>に</rt></ruby>えくり<ruby>返<rt>かえ</rt></ruby>る

氣憤塡膺。怒不可遏。

<ruby>腸<rt>はらわた</rt></ruby>が<ruby>見<rt>み</rt></ruby>え<ruby>透<rt>す</rt></ruby>く

看穿用意。

パラサイト

寄生族。指不去工作在家靠父母吃飯的成年人。

<ruby>腹<rt>はら</rt></ruby>を<ruby>合<rt>あ</rt></ruby>わせる

同心協力。合謀。

は

腹を抱える
　捧腹大笑。

腹を決める
　做好心理準備。下定決心。打定
　主意。

腹を拵える
　吃飽飯。先填飽肚子。

腹を探る
　試探對方的心意。

腹を据える
　做好心理準備。下定決心。

腹を割る
　披瀝肝膽，說出真心話。

張子の虎
　紙老虎。外強中乾。

針の穴から天を覗く
　坐井觀天。見識狹小。

針の蓆に坐るよう
　如坐針氈。

針ほどの事を棒ほどに言う
　誇大其詞。小題大作。言過其
　實。

腫れものにさわるよう
　小心對待不好相處的人。

ばれる
　暴露。敗露。

万死に一生を得る
　死裡逃生。九死一生。

半可通
　一知半解。

半畳を入れる
　喝倒采。

万卒は得易く一将は得難し
　千兵易得，一將難尋。

万緑叢中紅一点
　萬綠叢中一點紅。

204

ひ

火に油を注ぐ

　火上加油。

火の消えたよう

　突然變得毫無生氣。非常寂靜。

火の車

　窮困。一貧如洗。

火のついたよう

　急如星火。

火のないところに煙は立たぬ

　無風不起浪。

日を同じくて論ずべからず

　不可同日而語。

火を吐く

　噴火。喻激烈辯論。

火を吹く力もない

　毫無力氣。非常貧窮。

火を見たら火事と思え

　要時刻提高警覺。

火を見るよりも明らかだ

　洞若觀火。非常明顯。

ピンからキリまで

　從最好的到最壞的。各式各樣的。意爲「其品質不同，相差甚遠」。

火遊びは自分自身を燃やすことになる

　玩火會惹火焚身。

引きこもり

　因爲各種原因，不就業、就學也不出家門的人。繭居族。

贔屓の引き倒し

　過於庇護，反倒使人不上進。

ぴか一

　第一。第一名。最優秀者。

引かれ者の小唄

　逞強。假裝不在乎

引く手数多

追求者眾。大家搶著要。

日暮れて道遠し

日暮途遠。

鬚の塵を払う

阿諛奉承。拍馬屁。

卑下も自慢の中

過分的自謙是為了自誇。

比肩するものがない

無與倫比。

非行化

不良化。

尾行する

跟監。跟蹤。

非行少年

不良少年。犯罪的少年。

膝が流れる

（因年老等）腿上沒勁。腳步不穩。

庇を貸して母屋を取られる

喧賓奪主。恩將仇報。

膝とも相談

（沒辦法時）最好多和旁人商量。集思廣益。

膝を打つ

（忽然想起某事或佩服某人等時）拍大腿。

膝を屈む

屈膝。屈服。

膝をくずさない

坐得很端正。

膝を崩す（＝膝を組む）

舒展地坐。盤腿坐。隨便坐。

膝を正す

端坐。正襟危坐。

膝を突き合せる

促膝。採取面對面靠得很近的坐姿。

膝を交える

促膝談心。

美人薄命

紅顏薄命。

美人ママ

辣媽。

秘蔵の弟子

得意門生。

ひそかに袖をぬらす

偷偷的掉眼淚。

びた一文

極少的錢（一文錢）都不願意提
出或給。一毛不拔。

額に箭は立つとも背に箭は立たず

勇敢前進，決不退卻。

額を集める

集合大家在一起（商議）。

左団扇で暮す

不勞而食。飯來伸手，茶來張
口。

ビッグマウス

誇口，說大話。

引っ込み思案

畏縮。不積極。

羊の歩み

羊就屠所。步步接近死地。

引ったくり

強奪東西或錢（的人）。強奪

賊。

匹夫罪なし璧を懐いて罪あり

匹夫無罪，懷璧其罪。

匹夫も志を奪うべからず

匹夫不可奪志。

必要は発明の母

需要乃發明之母。

旱に不作なし

乾旱豐收。

人衆ければ天に勝つ

人眾則勝天。

人肥えたるが故に貴からず

人肥故不貴，以有知為貴。

一筋縄で行かぬ

用普通的辦法對付不了。

人造り

栽培優秀人才。

人と屏風はすぐに立たず

一味耿直，必定碰壁。做人應能
屈能伸。

人に高下なし心に高下あり

207

人無貴賤，心有善惡。

人には添うて見よ馬には乗って見よ

路遙知馬力，日久見人心。

人の痛さは三年でも辛抱する

各人吃飯各人飽，各人生死個人了。

人の一生は重荷を負うて遠き道を行くが如し

人的一生如任重道遠。

人の噂は倍になる

傳聞會把事實誇大渲染。

人の噂も七十五日

流言不會流傳太久。

人の口に戸は立てられない

人嘴封不住。

人の苦楽は壁一重

人之苦樂一牆隔。

人の心は九分十分

人心所想大致相同。

人の牛蒡で法事する

借別人東西為自己辦事。借花獻佛。

人の十難より我が一難

人之十難不及己之一難。

人の背中は見ゆれどわが背中は見えぬ

人不知自醜。馬不嫌臉長。

人の疝気を頭痛に悩む

自尋苦惱。

人のはえを追うより己のはえを追え

各人自掃門前雪，不管他人瓦上霜。

人のふり見て我がふり直せ

借鏡他人，端正自己。他山之石，可以攻錯。

人の褌で相撲を取る

借花獻佛。

人は一代名は末代

人生一世，名垂千古。

人は善悪の友による

近朱者赤，近墨者黑。

一肌脱ぐ

助一臂之力。

人はパンのみによって生くるにあら

ず

　人非僅依食而生。

ひと み
人は見かけによらぬもの

　人不可貌相。

ひと ま　みず ま
人増せば水増す

　人多開銷大。

ひとみ こ　め こ
瞳を凝らす（＝目を凝らす）

　注視。凝視。審視。

ひと め
一目ぼれ

　一見鍾情。

ひと め　ぬす
人目を盗む

　瞞著別人的眼睛。偷偷地。不讓
　別人看見。

ひとやく か
一役買う

　自動地承擔某一任務。幫忙。

ひとり ぐち く　ふたりぐち く
一人口は食えぬが二人口は食える

　一人糊口難，兩人好過活。

ひとり しばい
一人芝居をする

　唱獨角戲。

ひと じまん
独り自慢のほめてなし

ひと め
一目ぼれ。

ひ

孤芳自賞。

一人（ひとり）のよき母（はは）は百人（ひゃくにん）の教師（きょうし）に値（あたい）する

一母勝百師。

独（ひと）りを慎（つつし）む

君子慎獨。

人（ひと）を愛（あい）すれば即（すなわ）ち人之（ひとこれ）を愛（あい）す

愛人者，人恆愛之。

人（ひと）を逸（そ）らさない

不得罪人。待人周到。

人（ひと）を食（く）う

愚弄人。目中無人。

人（ひと）を食（く）ったやり方（かた）

目中無人的（做法）。

人（ひと）を責（せ）むるは寛（かん）に己（おのれ）を責（せ）むるは厳（げん）なるべし

責人要寬，責己要嚴。

人（ひと）を怨（うら）むより身（み）を怨（うら）め

莫埋怨他人。要反躬自己。

人（ひと）を呪（のろ）わば穴二（あなふた）つ

心想害人結果兩敗俱傷。

人（ひと）を鼻先（はなさき）であしらう

冷淡對人。愛理不理。

人（ひと）を見（み）て法（ほう）を説（と）け

因人說法。

人（ひと）を見（み）れば盗人（ぬすびと）と思（おも）え

小心爲宜。

皮肉屋（ひにくや）

好挖苦的人。喜歡說挖苦話的人。

火花（ひばな）を散（ち）らす

互相激烈地爭論。激烈地相鬥。

ひびが入（はい）る

發生裂痕。發生毛病。

悲鳴（ひめい）を上（あ）げる

發出悲鳴。喊叫。驚叫。感到束手無策。叫苦連天。

百日（ひゃくにち）の説法屁（せっぽうへ）一（ひと）つ

因一點小事而前功盡棄。功虧一簣。

百年河清（ひゃくねんかせい）を俟（ま）つ

百年待河清。

百（ひゃく）も承知（しょうち）

知道得很詳細。

百聞は一見に如かず
百聞不如一見。

百里を行く者は、九十里を半ばとす
行百里者半九十。

百花艶を競う
百花爭豔。

百鬼夜行
群魔亂舞。指很多人一起做醜惡的事。

氷山の一角
冰山一角。

瓢箪から駒が出る
事出意外。絕不可能。弄假成眞。

ひょうたんなまず
不得要領。

秒読みに入る
進入倒數計時的階段。

平蜘蛛のよう（にあやまる）
叩頭作揖（地道歉）。

枇杷が黄色くなると医者が青くなる
枇杷黃醫生臉青。

貧すれば鈍する
人窮志短，馬瘦毛長。

ぴんと来る
打動心弦。感動。

貧は諸道の妨げ
貧則多齟。

貧は世界の福の神
窮能使人發奮。窮則思變。

貧乏人の子沢山
窮人孩子多。

貧乏暇なし
越窮愈忙。

ピンを撥ねる
揩油。抽頭。從中撈一把。

211

ふ

腑に落ちない

不能理解。不能領會。

腑の抜けた人

精神不健全的人。呆子。

ファザコン

戀父情節。

不意打ち

出奇不意的。偷襲。

吹聴する

吹噓。

ふいになる

化爲泡影。

布衣の交わり

布衣之交。

フーテン族（瘋癲）

沒有目標、有氣無力、無責任感，瘋子般地坐在街頭過日子的年輕人。

風する馬牛も相及ばず

風馬牛不相及。

風前の灯

風前之燭。危在旦夕。

夫婦喧嘩は犬も食わぬ

夫妻吵嘴，別人不管用。夫婦無隔夜之仇。床頭吵，床尾和。

笛吹けども踊らず

孤掌難鳴。百般號召，也沒有人響應。一個銅板打不響。

不覚を取る

失敗。

不帰の客となる

死去。

福重ねて至らず禍必ず重ねて来る

福無雙至，禍不單行。

福祉国家

謀求福利爲目的國家。

覆車の戒め

前車之鑑。

212

腹心を布く
ふくしん　し

説心裡的話。

覆水盆に返らず
ふくすいぼん　かえ

覆水難收。

袋叩きにする
ふくろだた

群毆。亂打。

覆轍を踏む
ふくてつ　ふ

重蹈覆轍。

河豚は食いたし命は惜しし
ふぐ　く　いのち　お

想吃河豚又怕死。很想做又怕危
險。

袋小路
ふくろこうじ

死路。死胡同。絕路。

袋小路に入る
ふくろこうじ　はい

走進死胡同。

袋の中の鼠
ふくろ　なか　ねずみ

甕中之鱉。

武士に二言なし
ぶし　にごん

君子一言既出，駟馬難追。

武士は相身互い
ぶし　あいみたが

官官相護。

武士は食わねど高楊枝
ぶし　く　たかようじ

武士不吃飯也要叼牙籤。人窮志
不窮。甘守清貧。

ブス

醜。主要用於指女性。

二つに一つ
ふた　ひと

二者居一。二者取一。兩者不可
兼得。

豚に真珠
ぶた　しんじゅ

投珠與豬。對牛彈琴。

二股を掛ける
ふたまた　か

劈腿。

二股膏薬
ふたまたごうやく

腳踏兩條船。牆頭草。模稜兩
可。搖擺不定。

蓋をあける
ふた

開始。揭曉。

ぶっきら棒
ぼう

直率。唐突。不和氣的（人）。

不都合（千万）なやつ
ふつごう　せんばん

不可饒恕的東西。萬惡的傢伙。

物騒だ
ぶっそう

213

危險。騷然不安。

仏祖掛けて

決（不）。一定。

振るっている（振るった）

奇特。特別。新穎。漂亮。

筆を入れる（＝筆を加える）

刪改文章。添寫。

筆を下す

下筆，動筆。開始寫文章。

筆を捨てる（＝筆を断つ）

不再寫作，停止寫作。停筆不
寫。

筆を染める

初次寫作。試筆。

筆を走らせる

寫得快。

筆を揮う

揮筆。大筆一揮。

懐具合が悪い

手頭拮据。手頭緊。沒有錢。

懐と相談する

精打細算。

懐にする

放在懷裡。

懐を痛める

花錢。掏腰包。

懐を膨らます

腰纏萬貫。

ふとした事から

由於偶然的一點小事情。

太っ腹

度量大、大器。穩重。

舟盗人を陸で追う

枉費心機。徒勞無功。陸上推
舟。枉費力氣。緣木求魚。

船に乗りかかった

騎虎難下。喻事情迫於情勢，無
法中止只好繼續下去。

船を漕ぐ

打盹。打瞌睡。

船は船頭に任せよ

下山須問過路人。

船を陸に推す

推舟於陸。徒勞無功。

武張る

逞威風。

不偏不党

不偏不黨。公正無私。

不法占拠

違法佔據。

父母の恩は山よりも高く海よりも深し

父母之恩比山高，比海深。

フリーター

飛特族。打工族（有錢不工作，沒錢才工作）。

故きを温ねて新しきを知る

溫故而知新。

冬来たりなば春遠からじ

冬至春不遠。否極泰來。

冬の客は火でもてなせ

雪中送炭。

篩に掛ける

選拔。淘汰。

太っ腹。

古川に水絶えず

　破船有底。

故きを去って新しきに就く

　去舊迎新。

振り込め詐欺

　透過電話騙人匯款的詐欺行爲。

降るほど

　多得數不過來。

プロフ

　個人網頁。

不惑

　不惑之年。指四十歲。

付和雷同

　附合雷同。

刎頸の交わり

　刎頸之交。

踏んだり蹴ったり

　欺人太甚。屋漏偏逢連夜雨。禍
　不單行。雪上加霜。

褌を締めてかかる

　下定決心。

文は武にまさる

　文勝於武。

分秒を争う

　分秒必爭。

文武は車の両輪

　文武雙全。

分別過ぐれば愚かに返る

　人過緊則無智。思慮過度，反而
　糊塗。

蚊虻牛羊を走らす

　喻幼小的東西，移動大的東西。

分野

　範圍。崗位。領域。

へ

屁とも思わぬ

　根本不當一回事。根本不放在心
　裡。

屁の河童

　輕而易舉的事。不費吹灰之力。
　毫不在乎。

屁を放って尻窄め

　放屁打圓場。做錯事後想蒙混過
　去。

平家を滅ぼすものは平家

　自取滅亡。自作自受。自作孽，
　不可活。驕兵必敗。

閉口する

　為難。感覺沒辦法。

萍水相逢う

　萍水相逢。

兵は神速を貴ぶ

　兵貴神速。軍事行動要迅速，以
　免耽誤軍機。

兵を養うこと千日用は一朝にあり

　養兵千日，用兵一時。

ベストを尽くす

　盡力而為。盡最大努力。全力以
　赴。

臍繰り

　婦人私房錢。偷偷藏的錢。

臍を曲げる

　（因心裡不痛快）鬧彆扭。鬧情
　緒。

臍で茶を沸かす

　笑破肚皮。捧腹大笑。

下手な鍛冶屋も一度は名剣

（＝下手な鉄砲も数打てば当たる）

　鐵匠再不好，也會打寶刀。亂槍
　打鳥總有一發會中。愚者千慮，
　必有一得。

下手の考え休むに似たり

　笨的人想不出好主意。

下手の長談義

又臭又長的發言。廢話連篇。

下手の長文

三紙無驢。比喻文辭繁冗，而不切中要旨。

下手の横好き

笨手笨腳。瞎掰玩弄。

ベタ褒め

完全地稱讚。

ベタ惚れ

完全地佩服（喜愛）。

へったくれも無い

不足道。沒有價值。

へっちゃら

毫不在乎。不介意。

蛇に噛まれて朽ち縄におじる

一朝被蛇咬，十年怕草繩。

蛇に見込まれた蛙

被蛇盯上的青蛙。喻驚慌失措，手足無措。

蛇の生殺し

活受罪，半死不活。（做事）半途撒手不管。打蛇不死反為仇。

ヘマをする

做不應有的錯事。做笨事。

減らず口をたたく

強詞奪理。大放厥詞。

べらぼう

非常。不合理。笨蛋。

屁理屈をこねる

強詞奪理。

弁慶の立往生

進退維谷。進退兩難。動彈不得。

弁慶の泣き所

人的致命弱點。最薄弱之處。

ペンは剣よりも強し

筆勝於劍。文勝於武。

218

ほ

穂に出る
（心思）現於表情。臉上露出
來。

ボイン
大胸部。Ｆ罩杯。

判官びいき
偏祖義經，同情弱者。

咆哮するものは必ずしも勇ならず
會叫的狗不咬人。勇不在聲高。

暴虎馮河の勇
暴虎馮河。有勇無謀。血氣之
勇。

望蜀
得隴望蜀。貪得無厭。不知滿
足。

坊主憎けりゃ袈裟まで憎い
厭惡和尚，恨及袈裟。恨其人兼
其物。

坊主丸儲け
當和尚不需要本錢。不勞而獲。
無本得利。

棒に振る
白白斷送。白白浪費。

這う這うの体
倉惶失措。狼狽不堪。逃走。

棒ほど願って針ほどかなう
所望者厚，所得者薄。

棒を折る
（事業）失敗。（財產）喪失。
半途而廢。中途放棄。

吠える犬にけしかける
火上加油。

頬が落ちる
比喩非常好吃。

頬を膨らます
鼓起腮幫子。

墓穴を掘る
自食其果。

219

反故にする

作廢。取消。撕毀（協定）。

反故になる

變成廢紙。

星うつり物変わる

物換星移。

星に起き月に臥す（＝星を戴く）

披星戴月。

星を指す

猜中。說中心事。

細くても樫の木

破船也有三擔釘。百足之蟲死而
不僵。

細くても針は呑めぬ

針雖細小也不可呑。喻不可輕視
小東西。

臍耐えがたし

可笑之極。

ぼうっとする

呆呆的。心不在焉的狀態。

臍の緒を切って初めて

有生以來第一次。

臍をかためる

下定決心。決意。

臍を噛む

後悔。

ポックリ病

猝死。暴斃。

欲するままに

隨意。隨心所欲地。

程がある

要有分寸。

仏つくって魂入れず

畫龍而不點睛。功虧一簣。

仏の顔も三度

人的忍耐是有限度的。事不過
三。

仏の光より金の光

金錢萬能。有錢能使鬼推磨。

仏の椀で金椀

受不了。敵不過。

骨折り損のくたびれ儲け

徒勞無功。費力反而招不是。

220

骨が折れる

費勁。費力氣。困難。

骨が舎利になっても

縱死九泉之下也……。

骨と皮

（瘦得）皮包骨。

骨に刻む

刻骨銘心。

骨身にこたえる

滲到骨子裡。痛到骨子裡。刻骨銘心。

骨に徹る（＝骨に泌む）

徹骨。銘刻心中。

骨になる

死。成爲...的核心。

骨抜き

被異性迷得言聽計從。沒有骨氣、節操。去掉計畫、法案最重要的部份。

骨の髓まで

徹頭徹尾。徹底。

骨までしゃぶる

徹底剝削。敲骨吸髓。

骨身を惜しまず

不辭辛勞。

骨身を削る

粉身碎骨。

骨を惜しむ

捨不得挨累。不肯費力氣。

骨を盗む

不肯費力氣。

骨を拾う

繼承別人的困難事情。替別人善後。

骨を休める

休息。

ホラを吹く

吹牛。說大話。

ほらが峠

見風轉舵，看風下罩。

ぼる

敲竹槓。

惚れ目にはあばたもえくぼ

情人眼裡出西施。

ぼろ会社

微不足道的公司。

ぼろ株

無價值的股票。

ぼろ儲け

不勞而獲賺來的錢。

ぼろを出す

露出缺點。

本気にする

以爲眞。實心實意。

盆と正月が一緒に来たよう

中元節和過年一起到。喻極爲熱
鬧。雙喜臨門。忙得不可開交。

ぽんびき

皮條客。

本音を吐く

說心裡話。

本気にする。

ま

間_まがいい

　湊巧。走運。

間_まがな隙_{すき}がな

　無論如何。始終。

間_まが抜_ぬける

　愚蠢。糊塗。馬虎。大意。不中用。

間_まが悪_{わる}い

　不湊巧。不走運。

間_まに合_あう

　來得及。趕得上。對付。

間_まに合_あわせる

　使來得及。趕辦。（以代用品等）暫時對付。將就。

間_まをくばる

　分開間隔。

前飾_{まえかざ}りの後_{うし}ろ見_みず

　屋大不掃邊，鍋大不洗緣（只做表面工作）。

前_{まえ}で追従_{ついしょう}する者_{もの}は陰_{かげ}で謗_{そし}る

　人前奉承人後毀謗。

前向_{まえむ}き

　進步的態度。積極敢爲的態度。

蒔_まかぬ種_{たね}は生_はえぬ

　不重其因，不得其果。種瓜得瓜。

幕_{まく}が開_あく

　開始。開幕。

幕_{まく}になる

　告終。閉幕。

枕_{まくら}を高_{たか}くして寝_ねる

　高枕無憂。

枕_{まくら}を並_{なら}べて討死_{うちじ}にする

　全部陣亡。

負_まけ惜_おしみの減_へらず口_{ぐち}

　鴨子死了嘴硬。

負_まけるが勝_かち

　失敗爲成功之母。吃小虧佔大便

宜。

馬子にも衣装

人要衣裝，佛要金裝。

まさかの友こそ真の友

相助才是眞朋友。同甘苦，共患
難之友。

勝るを羨まざれ劣るを卑しまざれ

不羨人優，不卑人劣。

まし

還比較好一點。勝過。

マジで

眞的。

間尺に合わぬ

不合算。吃虧。得不償失。

貧しきは諂う

貧則諂。

枡で量って箕でこぼす

千日打柴一日燒。入不敷出，斤
入斗出。

待たるるとも待つ身になるな

寧讓人等，不等別人。等人很辛
苦。

間違いと気違いはどこにもある

人皆有過。

待ち伏せる

埋伏。

待ちぼうけを食わせる

使人老等。

待つうちが花

等待的時候最甜蜜美好。

真っ平ご免

謝絕。不敢從命。絕不接受。

待つ身より待たるる身

等待者心切，被等待者心更切。

待てど暮らせど

無論怎樣等也不來。

待てば海路の日和あり

耐心等待，終會時來運轉。

的なきに矢を放つ

無的放矢。

まな板の鯉

俎上肉。

学びて思わざれば則ちくらし

學而不思則罔。

ママドル

　媽媽偶像。

眉毛を読まれる

　心事被人察覺。

眉唾物

　可疑的事（東西）。

眉に唾をつける

　（怕上當而）更加警惕。

眉に火が付く

　火燒眉毛。

眉をひらく

　展眉。心情舒暢。

眉を寄せる

　皺著眉頭。愁眉不展。

丸い卵も切りようで四角

　喻同一件事由於說法不同感受也
　不同。

まるまる儲け

　全部賺走。賺飽。

真綿で首を締める

慢慢地折磨人。婉言相勸。

真綿に針を包む

　笑裡藏刀。口蜜腹劍。

満は損を招く

　滿招損。

満を持する

　做好準備，以待時機。

み

身を切られるよう
切身之痛。滲到骨子裡。

身が入る
起勁。感興趣。

身から出た錆
自作自受。咎由自取。

身となる
作爲…立場。成爲…身份。

身に余る
過份。承擔不起的。

身につまされる
感同身受。

身になる
有營養。有益處。設身處地。

見ぬ世の人を友とす
讀古人書，與古人爲友。

見ぬが極楽
眼不見心不煩。

身の皮を剥ぐ
窮到要賣身上的衣服過日子。

身の毛がよだつ
毛骨悚然。

身の毛を詰める
全身緊張。

身の程を知れ
要自知分寸。

身は習わしもの
人隨習慣而改變。

身も蓋もない
過於淺薄。過於膚淺。

身も世もない
悲傷地什麼也不顧。

身も世もあられぬ
不顧體面。

身を入れる
用心。一心一意。認眞。

226

身を打ち込む

傾全力。

身を固める

成家立業。安家落戶。穿戴。裝備。

身を砕く

拼命。粉身碎骨。竭盡全力。

身を削る

（痛苦得）身體消瘦憔悴。非常辛苦。

身を粉にする

拼命。粉身碎骨。

身を捨つる藪はなし

死無葬身之地。

身を捨ててこそ浮かぶ瀬もあれ

置之死地而後生。有犧牲的精神才有成功的希望。取捨身才有活路。

身を立てる

成功。謀生。飛黃騰達。

身を尽す

竭盡全力。全力以赴。

身を挺す

挺身而出。全力以赴。

実を見て木を知れ

觀其果知其樹，觀其行知其人。路遙知馬力，日久見人心。見其人，知其心。

実を結ぶ

結果實。有好結果。

身を持ち崩す

放蕩過生活。身敗名裂。

身を八つざきにされる覚悟で敢然と皇帝を馬から引きずりおろず

捨得一身剮敢把皇帝拉下馬。

木乃伊取りが木乃伊になる

尋找別人的人，一去不復返。未能說服人，反被人說服。

みえっぱり

好裝飾外表或虛榮（的人）。

見えを張る

裝飾門面。賣弄。

見えを切る

（演員）亮相。

227

磨きをかける

精益求精。技藝精湛。

見掛け倒し

外強中乾。紙老虎。花架子。

右から左へ（に）

一手來一手去。到手裡就光了。

右と言えば左

故意反對。你說東他一定說西。

右の耳から左の耳

右耳聽左耳出。非常健忘。

御輿を担ぐ

爲人抬轎。拱人。捧人。

見ざる聞かざる言わざる

不見人之短，不聞人之非，不言人之過。

短きものを端切る

禍不單行。屋漏偏逢連夜雨。

見知らずの口たたき

大言不慚。豪言壯語。不自量力說大話。班門弄斧。

水入らず

同是自家人圓滿無間。

水掛け論

沒有結局的議論。

水清ければ魚棲まず

水至清則無魚。水清無大魚，量小失人心。

水心あれば魚心

看對方的做法而定。

水と油

水火不相容。

水にする

付諸流水。（勾銷）往事。墮胎。

水の泡になる

化爲泡影。徒勞。

水の滴る（垂れる）よう

水靈靈地。嬌滴滴地。

水の流れと身のゆくえ

前途莫測。

水の低きに就くが如し

水往低處流。自然趨勢。

水は方円の器に従い人は善悪の友による

水隨方圓器，人依善惡友。

水太り

　虛胖。水腫。

水も漏らさぬ

　戒備森嚴。水洩不通。親密無

　間。

水をさす

　挑撥離間。

水を向ける

　（用話）引誘。暗示。試探心

　情。

御簾を隔てて高座を覗く

　隔靴搔癢。

味噌も糞も一緒にする

　好壞不分。不分青紅皂白。魚目

　混珠。

味噌を上げる

　自吹自擂。

味噌を擂る

　奉承。諂媚。拍馬屁。

味噌をつける

　失敗。丟臉。失面子。

三たび思いて後之を行う

　三思而後行。

三度吾身を省みる

　三省吾身。

道草を食う

　在途中耽擱。閒逛。

道高ければ魔盛なり

　道高一尺，魔高一丈。

道は近きにありて遠きに求む

　道在彌，而求諸遠。門前有佛不

　會拜，而到深山找觀音。

道を得る者は助け多く道を失う者は助け寡し

　得道者多助。失道者寡助。

道をつける

　開闢道路。謀求方法。

三日先知れば長者

　先見之明就能成爲富翁。

三日坊主

　三天打魚兩天曬網。

三日見ぬ間の桜

　滄海桑田。瞬息萬變。

三つ子の魂百まで
山河易改，本性難移。

見て取る
議定。判定。

実るほど頭を垂れる稲穂かな
結實愈豐者，其穗愈低。人上高
位應謙虛。

身贔屓
袒護與自己有關的人。護短。

耳が痛い
言語刺耳。慚愧。

耳掻きで集めて熊手で掻き出す
千日打柴一日燒。

耳学問
耳聞之學。

耳が早い
消息靈通。聽覺敏銳。耳朵長。

耳から口
人云亦云。聽了就說。嘴快。

みみっちい
吝嗇的。

耳を掩いて鈴を盗む
掩耳盜鈴。

耳に入れる
說給…聽。

耳に掛ける
聽後放在心裡。留意聽。

耳に付く
聽後忘不了。聽膩。

耳に障る
刺耳。聽了不舒服。

耳にする
（偶然）聽到。

耳にたこができる
聽膩。聽厭。

耳に入る
聽到。

耳に挟む
略微聽到一點。

耳の正月
一飽耳福。

耳を貸す

聽別人說話。認眞傾聽。

耳を欹てる

竪起耳朵聽。傾聽。

耳を潰す

假裝沒聽見。假裝不知道。

みめより心

貌美不如心善。

身持ちが悪い

品行不好。

脈が上がる

氣絕。死。沒有前途。沒有希望。

見様見真似

久看自通。勤學不斷，無師自通。

冥加に余る

福氣太大承受不起。

冥利に尽きる

身爲…最大的福氣。

見る影もない

變成不成樣子。

見ると聞くとは大違い

耳聞目睹差別大。

見るのも嫌だ

連看都不想看。非常討厭。

見れば目の毒

眼不見嘴不饞。

見る間に（＝見る見るうちに）

眼看著。

見るに忍びない（堪えない）

目不忍睹。看不下去。

み

無<ruby>む</ruby>にする

　辜負。使…落空。

無<ruby>む</ruby>になる

　白費。無用。

六日<ruby>むいか</ruby>の菖蒲<ruby>あやめ</ruby>

　明日黃花。人老珠黃。雨後送
　傘。不合時宜。喻過時無用之
　物。

昔<ruby>むかし</ruby>から言<ruby>い</ruby>うことに嘘<ruby>うそ</ruby>はない

　古無虛謬。

昔<ruby>むかし</ruby>取<ruby>と</ruby>った杵柄<ruby>きねづか</ruby>

　從前學過的技術（本領）。

昔<ruby>むかし</ruby>の事<ruby>こと</ruby>を言<ruby>い</ruby>えば鬼<ruby>おに</ruby>が笑<ruby>わら</ruby>う

　事情已經過去再講也沒用。

むかつく

　火大。

むかっ腹<ruby>ばら</ruby>を立<ruby>た</ruby>てる

　無緣無故地生氣。

むきになる

　當眞生氣。眞的生氣。

麦飯<ruby>むぎめし</ruby>で鯉<ruby>こい</ruby>を釣<ruby>つ</ruby>る

　一本萬利，以小博大。拋磚引
　玉。

無芸大食<ruby>むげいたいしょく</ruby>

　沒本事光能吃的人。飯桶。

夢幻泡影<ruby>むげんほうよう</ruby>

　（佛教語）喻世事無常。

向<ruby>む</ruby>かう所敵<ruby>ところてき</ruby>なし

　所向無敵。

虫<ruby>むし</ruby>がいい

　只顧自己。自私自利。

虫<ruby>むし</ruby>がかぶる

　肚子疼。

虫<ruby>むし</ruby>が知<ruby>し</ruby>らせる（＝虫<ruby>むし</ruby>の知<ruby>し</ruby>らせ）

　預感。事前感到。預兆。

虫<ruby>むし</ruby>が好<ruby>す</ruby>かぬ（好<ruby>す</ruby>かない）

　從心眼裡討厭。不知爲什麼總覺
　得討厭。

232

虫が付く

　生蟲。女孩有了情人。

虫酸が走る

　噁心。反胃。厭惡。

虫の息

　奄奄一息。

虫の居所が悪い

　心情不好。很不高興。

虫も殺さぬ

　非常仁慈。非常善良。

矛盾

　矛盾。

虫を殺す

　抑制感情。忍氣呑聲。

ムズい

　難。

娘一人に婿八人

　僧多粥少。

無駄足を踏む

　白跑一趟。徒勞無功。

無駄飯を食う

吃閑飯。光吃飯不幹活。

夢中になる

　熱衷於（而不顧一切）。

胸が痛む

　痛心。難過。

胸がいっぱいになる

　心裡激動。受感動。非常感激。

胸が大きい

　心胸開闊。

胸が騒ぐ。

　心情激動。忐忑不安。

胸がすく

　心情舒暢。痛快。

胸が狭い

　度量小。

胸がとどろく

　心跳。心驚肉跳。忐忑不安。

胸が張り裂けるよう

　悲痛。憤怒到達到極點。心如刀
　割。

胸が焼ける

胃裡難受。燒心。胃口不舒服。

胸が悪い

心裡不痛快。噁心。患肺結核。

胸三寸に納める

（＝胸三寸に畳む）

藏在心裡。

胸に一物ある

心中別有企圖。居心叵測。

胸に聞く（＝胸に手を当てる）

仔細思量。用心考慮。

胸に刻む

銘記在心。

胸を借りる

練習時，請有實力的人當對手。

胸を焦がす

焦慮。苦苦戀慕。

胸をたたく

拍胸脯。打包票。

胸を撫で下ろす

鬆一口氣。放下心來。

胸を冷やす

受驚。害怕。心驚膽跳。

胸を膨らます

充滿希望。滿心歡喜。

無用の長物

廢物。無用之物。

無理がお通りだから道理を引込める

積非成是。

無理が通れば道理が引込む

無理行得通，道理就行不通。邪惡當道，正道無存。秀才碰到兵，有理說不清。

無理心中

強迫一同自殺。強迫殉情。

無理算段

想盡辦法籌錢。七拼八湊。東借西湊。

め

目がうるむ

　熱淚盈眶。

目が肥えている

　眼光高。瞧不上眼。

目が高い

　眼光好。

目が潰れる

　瞎。失明。不敢正視。

目がない

　非常愛好。熱中。著迷。沒眼光。

目が回る

　眼花。非常忙。

目から鱗が落ちる

　恍然大悟。

目から鼻へ抜ける

　伶俐。聰明。腦子靈活。

目と鼻の先（＝目と鼻の間）

　非常近。近在咫尺。一箭之地。

目に余る

　看不下去。不能容忍。

目に一丁字なし

　目不識丁。

目に障る

　礙眼。看著彆扭。不順眼。

目にする

　看到。

目に付く

　顯眼。引人注意。

目には目を、歯には歯を

　以牙還牙，以眼還眼。

目に触れる

　看見。看得到。注意到。

目に見える

　眼看著。顯著地。

目にも留まらぬ

　非常快。迅雷不及掩耳。

目に物を見せる
めにものをみせる

叫你嘗嘗我的厲害。給你好看。

目の上のたん瘤
めのうえのこぶ

眼中釘。絆腳石。

目の黒い内
めのくろいうち

未死之前。有生之年。

目の正月をする
めのしょうがつをする

大飽眼福。養眼。眼睛吃冰淇
淋。

目の付け所
めのつけどころ

著眼點。注意到的地方。

目の敵にする
めのかたきにする

作眼中釘。

目の毒
めのどく

眼饞。看了眼紅。

目の中に入れても痛くない
めのなかにいれてもいたくない

疼愛不已。捧在手心上。

目の保養
めのほよう

大飽眼福。大開眼界。

目の前が暗くなる
めのまえがくらくなる

眼前一片黑暗。感到絕望。

目は臆病手は千人
めはおくびょうてはせんにん

看人要仔細，雙手要勤快。

目は心の鏡
めはこころのかがみ

看眼神，使知心。眼睛是心靈魂
的窗戶。

目八分に見る
めはちぶにみる

瞧不起。

目も当てられない
めもあてられない

慘不忍睹。

目は口ほどに物を言う
めはくちほどにものをいう

眉目傳情勝過言語。眼睛好像嘴
那樣會說話。

目もくれない
めもくれない

不加理睬。不放在眼裡。

目を疑う
めをうたがう

驚奇。出乎意料。

目を奪われる
めをうばわれる

奪目。眼光被吸引。

目を掛ける
めをかける

照顧。偏愛。著眼。

目を配る
めをくばる

注意看。關注。

目を晦ます

掩人眼目，打馬虎。

目を凝らす

專注地看。凝視。

目を三角にする

發怒。生氣。

目を白黒させる

大吃一驚。（痛苦地）翻白眼。

目を付ける

注意看。盯住。注目。

目をつぶる

睜一隻眼閉一隻眼。

目を通す

瀏覽。看過一遍。

目を留める

注視。留意看。

目を長くする

眼光放長。從長遠著眼。

目を盗む

避人耳目。偷偷摸摸。

目をはなす

不加注意。不照看。

目を光らす

嚴加監視。提高警惕。

目を引く

引人注目。

目を丸くする

（因驚訝而）瞪大眼睛。

目を見張る

（因驚奇、感動）瞪大眼。

目を剥く

（因憤怒、驚訝）瞪大眼。瞪目。

目をやる

望向。看向。眼光轉向。

目を喜ばす

賞心悅目。

目明き千人盲千人

喻社會上有懂道理的人，也有不懂道理的人。

明鏡も裏を照らさず

智者千慮必有一失。看不見自己的後腦杓。死角。

237

名所に見所なし

有名無實。

名人は人を謗らず

名人不毀謗他人。

名物にうまい物なし

名不副實。

名声を馳せる

馳名。

メートルをあげる

醉後興高采烈起來。

めがねに適う

得到青睞。被看上。

目くじらを立てる

吹毛求疵。雞蛋裡挑骨頭。

目糞鼻糞を笑う

五十步笑百步。

盲に提灯

不必要。瞎子點燈白費蠟。

盲に眼鏡

不必要。瞎子戴眼鏡，無濟於事。

盲の垣のぞき

徒勞無益。毫無效果。

盲の杖を失う如し

失去依靠。前途茫茫。

盲滅法

盲目行事。糊裡糊塗。

盲蛇に怖じず

初生之犢不怕虎。

飯の食い上げ

失業。沒了飯碗。

目尻を下げる

（指對女子）看得出神。呆看。

メスを入れる

採取非常手段將問題徹底解決。

目立ちたがり屋

騷包。

目玉が飛び出る程高い

貴得驚人。特別貴。

目玉を頂戴する

被人斥責。

238

目処が付く

　有目標（目的）了。

芽生の内に摘み取る

　防患於未然。

面倒をかける

　添麻煩。

面倒を見る

　照顧。照料。

雌鳥勧めて雄鳥時を作る

　妻唱夫隨。

面皮を剥ぐ

　揭穿（某人的）厚顏無恥。

面目次第もない

　沒臉見人。臉上無光。十分丟人。

面目を施す

　露臉。爭光。

面を被る

　裝相。厚顏無恥。

面倒を見る。

も

盲亀の浮木（もうき ふぼく）
瞎貓碰見死耗子。非常難遇的機會。歪打正著。

儲けぬ前の胸算用（もう まえ むなざんよう）
打如意算盤。

もうけ物（もの）
天上掉下來的禮物。意外的收穫。

もうこれまでだ
一切都完了。萬事休矣。

猛暑日（もうしょび）
指最高溫超過攝氏35度的日子。

モーションを掛ける（か）
作出某種姿勢或手勢以向對方示意。

モーレツ社員（しゃいん）（＝猛烈社員 もうれつしゃいん）
替公司非常賣力的職員。

孟母三遷の教え（もうぼさんせん おし）
孟母三遷。

もぐり
無照的業者。非法運動的人。

モスド
Mister Donut和Mos Burger的合稱。

もたつく
態度不明。進行很慢。不能順利進行。

持ちつ持たれつ（も も）
互相幫助。

餅は乞食に焼かせろ　魚は殿様に焼かせろ（もち こじき や　うお とのさま や）
適才適所。

餅は餅屋（もち もちや）
辦事要靠內行。事事有行家。各行有專家。各有內行。

物怪の幸い（もっけ さいわ）
意外的幸運。喜從天降。

沐猴にして冠す（もっこう かん）

240

沐猴而冠。徒具衣冠，而沒有人性的人。

もったいをつける
裝模作樣。擺臭架子。裝腔作勢。

持って生まれた
天生的。生就的。

物相飯を食う
坐牢。入獄。

もてる
受人歡迎。能保持。能拿到。

元の鞘に収まる
重新和好。破鏡重圓。

元の木阿弥になる
依然故我。回到老樣子。

求めよさらば与えられん
有求必應。

元も子も失う
一無所得。本利全失。

もぬけの殻
人去樓空。

物言う
講話。異議。爭吵。

物言えば唇寒し秋の風
言之無味，空得罪人。多嘴惹事。不可隨便亂說話，免得惹禍。

物言わねば腹ふくる
有話悶在肚裡，心理難受。有話不說心理作病。

物心がつく
（小孩）開始記事了。

物凄い
甚；很。令人可怕的。

物盛んなれば即ち衰う
盛極必衰。榮必敗，盈則虧。人無千日好，花無百日紅。

物ともせぬ
不當一回事。不放在眼裡。不理睬。

ものにする
弄到手。達到目的。放在眼裡。

ものになる

241

如願以償。

物には時節

作事要看時機。

もののあわれ

觸景生情。多愁善感。

物の上手

在藝術上有卓越成就的人；卓越
的藝人。

物の見事に

卓越地。出色地。漂亮地。

物は言いよう

同一件事，不同的說法會給人不
同的印象。

物は相談

要辦好事情，多找人商量。作事
要找人商量。

物は考えよう

凡事想開點。

物はためし

試了才知道。一切事要敢於嘗
試。自古成功在嘗試。能否成
功，不試不知。

物は八分目

物滿則溢。

物も言いようで角が立つ

話要看怎樣說，說得不好就會有
稜角。一樣事，兩片唇，說得不
好會傷人。

物も覚えぬ

失去知覺。（因專注一事而）忘
記一切。

物用いられざる所なし

天生我材必有用。

物を言う

說話。發揮作用。

桃切る馬鹿梅切らぬ馬鹿

桃枝宜折，梅枝宜砍。

桃栗三年柿八年

桃子樹栗子樹種三年，柿子樹要
種八年才能有收穫。

貰い物で義理すます

借花獻佛。用別人送來的禮物轉
送人情。借別人東西，為自己辦
事。借人之物，圖己之利。

貰う物は夏も小袖

　喻白送的東西不要挑剔。

諸肌を脱ぐ

　露出上半身。竭盡全力。全力以

　赴。

文句を言う

　發牢騷。提意見。

文句を付ける

　找毛病。吹毛求疵。講歪理。

問罪の師を興す

興師問罪。

門前、市を成す

　門庭若市。

門前雀羅を張る

　門可羅雀。

門前の小僧習わぬ経を読む

　耳濡目染，不學自會。久看自

　通。

門前払いを喰わす

　吃了閉門羹。

門前払いを喰わす。

243

MEMO...

や
さいそく
矢の催促をする

催促。緊催。

や たて
矢も楯もたまらない

迫不及待。抑制不住自己。

やいば むか と
刃を迎えて解く

迎刃而解。

や おちょう
八百長

比賽雙方先預先商量好輸贏。作
假。假比賽。

や おもて た
矢面に立つ

成爲衆之矢的。當作擋箭牌。

や かん ゆ たこ
薬缶で茹でた蛸のよう

一籌莫展。不知所措。

やきいん お
焼印で押したように

非常清楚。銘刻在心。

やき まわ
焼が回る

頭腦昏聵。不中用。

やき や
焼もちを焼く

吃醋。

や い
焼きを入れる

加以鍛錬。

やくしゃ いちまいうえ
役者が一枚上

智謀。手段高出一籌。

やくしゃ とし
役者に年なし

演員沒有年齡。

やくせき げん
薬石の言

良藥苦口。忠言逆耳。有用的
話。

やくにんおお こと た
役人多くして事絶えず

官多問題卻不斷。

やくにん
役人ぶる

打官腔。

やくびょうがみ
疫病神

掃把星。

やくろうちゅう もの
薬籠中の物

完全掌握在自己手中的東西；拿
手招數。

や あと くぎひろ
焼け跡の釘拾い

245

大浪費後的小節儉。

焼け野の雉夜の鶴

父母對子女關懷至深。

やけのやんぱち

自暴自棄。

焼棒杭に火がつく

死灰復燃。重溫舊情。

焼け石に水（＝焼け石に雀の涙）

杯水車薪。無濟於事。

自棄糞（＝自棄っぱち）

自暴自棄。

焼けた後の火の用心

亡羊補牢。爲時已晚。

焼けた後は立つ死んだ後は立たぬ

火災之後可以重建，一家之主死
了之後往往家道中落。

焼け面火に懲りず

無法從失敗中記取教訓。

火傷火におじる

一朝被蛇咬，十年怕草繩。

自棄のやん八（勘八）

自暴自棄。

やけを起こす

自暴自棄。

矢弦上に在り発せざるべからず

箭在弦上不得不發。

野次馬

起鬨的人們。在出事等場合圍攏
來觀看的群眾。

やじり倒す

嗆聲。

安かろう悪かろう

貪便宜，買黃牛。

安きに危うきを忘れず

居安思危。

安物買いの銭失い

貪賤買壞貨，結果白扔錢。

痩せ腕にも骨

弱小的人也有其骨氣，不可輕侮
之。

痩せ馬に重荷

瘦馬負重物，喻才輕任重。

痩せても枯れても
　別管（我）怎樣不濟。不論（我）怎樣落魄。

藪から棒
　突如其來；憑空而起；沒頭沒腦；平白無故；出其不意。

八継ぎ早
　連珠炮。

やぶれかぶれ
　自暴自棄。

八つ子も癇癪
　小孩子也會堅持自己的主張

藪をつついて蛇を出す
　做多餘的事而惹起麻煩。自找麻煩。

夜盗の提灯とぼし
　爲虎作倀。

やぼくさい
　俗氣。

柳に風と受け流す
　逆來順受。巧妙地應付過去。唯命是從。

病膏盲に入る
　病入膏肓。

柳に雪折れなし
　柔能克剛。

病治りて医師忘れる
　過河拆橋。

柳の下に何時も泥鰍はいない
　不可守株待兔。

病は気から
　病在精神。

八幡の藪知らず
　草木叢生的迷宮。

病は口より入り禍は口より出ず
　病從口入，禍從口出。

藪医者の玄関
　庸醫的家門，喩只有表面好看。

山が見える
　前途可以預料。快達到目的。

藪医者の手柄話
　庸醫自誇醫術高。

山ガール
　喜歡戶外活動，熱愛登山的年輕

女性。

やましやま は
山師山で果てる

やま だ　　やま は
（＝山立ちは山で果てる）

在山工作的人死在山上。善泳者
溺。

やま せんねんうみ せんねん
山に千年海に千年

久經世故，老奸巨猾。

やまたか　　　 ゆえ　 たっと
山高きが故に貴からず

山高故不貴。

やま い　　　 かわ
山と言えば川

故意反對。唱反調。

やま やま あ　　　 ひと ひと あ
山と山は会わない人と人は会う

山不轉路轉。

やま　　　　　　　 ありづか
山につまずかずして蟻塚につまずく

不躓於山，而躓於垤。小處摔
跤。

やま はまぐり もと
山に蛤を求む

登山求蛤。緣木求魚。

やま いも あしっ
山の芋で足付く

大意失荊州。誇大。

やま おく みやこ
山の奥にも都あり

深山也有好地方。

やま かみ
山ノ神

母老虎。

やま さち
山の幸

山貨。打獵的收穫。

やま おお いのしし で
山より大きな猪は出ぬ

誇大也要有限度。

やま か
山を掛ける

押寶押中。僥倖猜題猜對。

やみ やみ ほうむ
闇から闇に葬る

秘密當中處理掉。暗中解決。

やみぶっし
闇物資

黑市的東西。

やみよ め
闇夜に目あり

黑夜中有眼。自以為人不知。

やみよ からすゆき さぎ
闇夜に烏雪に鷺

難以區別。

やみよ ちょうちん
闇夜の提灯

黑夜的明燈。雪中送炭。久旱逢
甘雨。

やみよ つぶて
闇夜の礫

黒夜裡投石子。沒有目的性。無效。

闇夜の鉄砲

黒夜裡放槍。無的放矢。

闇夜の錦

衣錦夜行。喻富貴不歸故鄉。

やられた

被擺了一道。

槍が降っても

不論如何。不管發生什麼事。

遣り繰り

設法安排。勉強籌劃。

槍玉にあげる

擇爲批評的對象。

やり手

能幹的人。給與的人。工作者。

槍はさびても名は錆びぬ

槍可銹而名不朽。

病んで医を知る

病而知醫。久病成良醫。

闇夜に目あり。

ゆ

湯の辞儀は水になる

客氣也要看時候。

湯を沸かして水にする

白費勁。徒勞無功。

唯我独尊

老子天下第一。唯我獨尊。

有閑マダム

有閒及有錢的太太。不事生產的
婦人。

憂患に生き安楽に死す

生於憂患死於安樂。

勇者は懼れず

勇者無懼。

有終の美を飾る

克終者必得佳果。

勇将の下に弱卒なし

強將手下無弱兵。

夕立は一日降らず

驟雨不會下整天。喻遇對方強盛

時，暫時靜觀其變。

夕立は馬の背を分ける

雷陣雨落馬背，半面乾，半面
水。分龍雨。隔道不下雨。

有智無智三十里

有智無智三十里。喻智與愚相差
懸殊。

雄弁は銀、沈黙は金

雄辯是銀，沉默是金。

幽明境を異にする

幽明異路。天上人間各一方。

夕焼けに鎌をとけ

磨礪以須。

夕焼けは晴れ朝焼けは雨

晚霞晴朝霞雨。

ゆがみ木も山の賑わい

聊勝於無。以量取勝。

行きがけの駄賃

順便兼辦別的事。

250

行き大名の帰り乞食

　（旅行時）去時腰纏萬貫，回頭時囊空如洗。

雪と墨ほどの違い

　天壤之別。

雪の上に霜

　徒勞。無用的努力。重複多餘。

雪の多い年は麦は豊作

　多雪之年麥豐收。

雪仏の湯好み

自找死路。

行く馬に鞭

　快馬加鞭。

往く者は諫むべからず来る者はなお追うべし

　往者不可諫，來者猶可追。

油断大敵（＝油断禁物）

　千萬不可疏忽大意。

ユニバレ・ユニ隠し

　UNI穿幫、UNI隱藏。

雪と墨ほどの違い。

指一本も差させぬ
ゆびいっぽん　さ

無可厚非。不准他人干涉、指
責。

指切り
ゆび き

打勾勾。發誓。

指を折る
ゆび お

屈指可數。數一數二。第一流。
名列前矛。

指をくわえる
ゆび

垂涎（羨慕）。

指を染める
ゆび そ

染指。

弓折れ矢尽きる
ゆみ お　や つ

弓折矢盡。束手無策。一敗塗
地。

湯水のように使う
ゆ みず　　　　　つか

揮金如土。揮霍無度。

弓は袋に太刀は鞘
ゆみ ふくろ たち さや

刀不出鞘。天下太平。

弓を引く
ゆみ ひ

反抗。背叛。

夢に牡丹餅
ゆめ ぼ たもち

夢一般意外的幸福。

夢にも思い寄らない
ゆめ　　おも よ

作夢也想不到。

夢に夢見る
ゆめ ゆめみ

夢裡作夢。脫離現實。虛無飄
渺。糊裡糊塗。非常渺茫。

夢は五臓のわずらい
ゆめ ごぞう

夢示五臟之病。

夢を描く
ゆめ えが

夢想。

夢を見る
ゆめ み

做夢。幻想。空想。

ゆるキャラ

ゆるいマスコットキャラクター
的略稱，當紅吉祥物。

よ

世が世なら
　感嘆現在的境遇不佳。如果生逢
　其時。如果時勢對我有利。

世に逢う
　生逢其時。

世に出る
　出息。出名。踏上社會。

世に伯楽ありしかる後に千里の馬あ
り
　世有伯樂而後有千里馬。

世の覚え
　一般的評論。

世の取沙汰も七十五日
　世上輿論並不長久。

世の中は三日見ぬ間の桜かな
　人世滄桑。

世の中は下向いて通れ
　比上不足比下有餘。

世の目も眠れない

（因擔心而）夜裡都闔不上眼。

世は情け
　處事要相互幫助。

世を知る
　懂得世故人情。飽經世故。

世を遁れる（＝世を捨てる）
　隱居。遁世。

世をはばかる（＝世を忍ぶ）
　沒臉見人。

夜を日にする（＝夜を日に継ぐ）
　夜以繼日。不分晝夜。

世を渡る
　生活。渡日。處世。

よい中から養生
　健康時就要注意養生。喻事先預
　防。未雨綢繆。防重於治。

宵っ張りの朝寝坊
　晚睡晚起。夜貓子。

253

酔いどれ怪我せず

　酒醉跌不傷。傻人多福。

酔いに十の損あり

　酒醉害處多。

宵寝朝起長者の基

　早睡早起，長壽之本。

用ある時の地蔵顔、用なき時の閻魔顔

　求人時充滿笑容，不求人時冷若冰霜。

楊枝で重箱の隅をほじくる

　拘泥細節。吹毛求疵。雞蛋裡挑骨頭。

楊枝に耳鼻を付けたよう

　骨瘦如柴。

養生に身が痩せる

　得不償失。

用心に怪我なし

　凡事小心就不會失敗。謹慎爲妙。

世は情け

254

用心には網を張れ

　百倍警惕。小心又小心。

用心は前にあり

　要事前準備提防。有備無患。未
　雨綢繆。

羊頭を掲げて狗肉を売る

　（＝羊頭狗肉）

　掛羊頭買狗肉。

用に叶えば宝なり

　有用就是寶。實用爲貴。

ようやく佳境に入る

　漸入佳境。

よく泳ぐものは溺れる

　善泳者溺。

欲と相談

　唯利是圖。

欲には目見えず

　利令智昏。見錢眼開。

余計なお世話

　愛管閒事。

横車を押す（＝横紙破り）

　蠻不講理。

横に車

　横不講理。硬推行。

横になる

　躺下。不合道理。

横這い

　物價、股票的行情，經過一段時
　間都沒有變動。

横槍を入れる

　第三者從旁插嘴。從中干涉。

葦の髄から天井を覗く

　以管窺天。坐井觀天。

余所の御馳走より内茶漬け

　別人家的酒席，不如自家的粗茶
　淡飯。

余所の花は赤い

　別人家的花較紅。家花不如野花
　香。

余所目にも

　旁觀者都…。

寄ってたかって

全體。大家一起。群起…。

淀む水には芥たまる
死水積腐。死水淤塞。喻不改變的事物容易腐壞。

夜長ければ夢見る
夜長夢多。

読みが深い
深謀遠慮。神機妙算。

嫁が姑になる
事過境遷，多年媳婦熬成婆。

寄らば大樹の蔭
樹大影大。乘涼要選大樹。挨著大樹有柴燒。依附權貴最保險。

縒りが戻る
搓的（捻的）繩恢復原狀。破鏡重圓。

寄ると触ると
人們一到一塊兒就…。一有機會就…。

寄る年波には勝てぬ
人總有一天會變老。

夜を昼となす
夜以繼日。

よればより屑
挑三揀四，最後挑到不好的。

喜びの眉を開く
笑顏逐開。眉開眼笑。笑瞇瞇的。春風滿面。

弱き者は風にも倒る
弱不禁風。

弱くても相撲取
不高明的內行，也總比外行強。

弱り目に祟り目
禍不單行。雪上加霜。

世渡りの殺生は釈迦も許す
迫於情急，情有可原。爲了生活，不得已，而犯錯。

256

ら

来年のことを言えば鬼が笑う

　未來的事無法預知。談論明年的事，枉費唇舌。

楽あれば苦あり苦あれば楽あり

　樂中有苦，苦中有樂。苦樂相隨。

楽は身の毒

　身居安樂難成器。

烙印を押される

　被打上烙印。被加上無法洗掉的醜名。

落書きに名筆なし

　無規矩不能成方圓。胡亂塗鴉，並非名作。只會塗鴉，怎麼能成材。

楽は苦の種苦は楽の種

　先樂後苦，苦盡甘來。先苦後甜，富貴萬年。樂極生悲，苦後方甜。

洛陽の紙価を高める

　洛陽紙貴。書籍暢銷。

埒が明く

　（事情）得到解決。有結果。

埒をつける

　處理。解決。

落花枝に返らず破鏡再び照らさず

　落花不上枝。破鏡不重圓。

落花情あれども流水意なし

（＝落花流水の情）

　落花有意，流水無情。單相思。

らんちき騒ぎ

　醋海生波。狂歡。

藍田玉を生ず

　藍田生玉，比喻名門出俊秀子弟。

卵翼の恩

　養育之恩。

257

り

理が非でも

　無論如何。

理に落ちる

　過分講理。辯理。

利によりて行えば怨み多し

　放於利而行多怨。

利も高ずれば非の一倍

　過分講死理。眞理變謬論。

理を以て非に落ちる

　有理落得無理。

離活

　離婚準備。

李下に冠を正さず

　瓜田不納履，李下不整冠；瓜田
　李下。

理屈と膏薬はどこへでもつく

　滿嘴藉口。

リクラブ

　求職戀曲。

リケジョ

　理科女。理科女生的簡稱。

リストラ

　裁員。

律義者の子沢山

　規矩人孩子多。

立錐の余地もない

　無立錐之地；無立足之地。

リベート

　回扣。手續費。介紹費。

溜飲が下がる（＝溜飲を下げる）

　非常痛快。出出氣。心情舒暢。

硫化水素

　硫化氫。

流汗淋漓

　大汗淋漓。汗流浹背。

流言は智者に止まる

　謠言止於智者。

竜虎相搏つ

　龍虎相爭。

流水腐らず戸枢蝕まず

　流水不腐，戶樞不蠹。

竜頭蛇尾

　虎頭蛇尾。

竜の水を得たるが如し

　如龍得水。得天之利。

竜の鬚を撫で虎の尾を踏む

　摸龍鬚，踏虎尾，膽大妄爲。如
　履薄冰。虎尾春冰。

柳眉を逆立てる

　柳眉倒豎。描寫美人生氣的樣
　子。

竜馬の躓き

　龍馬之躓，老虎也有打盹時。智
　者千慮，必有一失。

竜を画いて睛を点ず（＝画竜点睛）

　畫龍點睛。

良医の門に病人多し

　良醫門前病人多。

凌雲の志

　壯志凌雲。凌雲之志。

燎原の火

　燎原之火。

両虎共に闘えば勢い俱に生きず

　兩敗俱傷。兩虎相鬥，勢必俱
　傷。

良賈は深く蔵して虚しきが如し

　良賈深藏若虛。不露鋒芒。

猟師山を見ず

　捕獸者目不見大山。

梁上の君子

　樑上君子。指小偷。

良将は戦わずして勝つ

　良將不戰而勝。

梁塵を動かす

　歌聲悅耳動聽。餘音繞樑。聲動
　梁塵。

猟する鷹は爪隠す

　有能者深藏不露。

両手に汗を握る

　捏一把冷汗。緊張的看。

両手に花
りょう て はな

同時得到兩個好東西。左擁右
抱。

遼東の豕
りょうとう いのこ

孤陋寡聞。少見多怪。

両方聞いて下知をなせ
りょうほう き げ ち

聽雙方的話之後才下判斷。

両方立てれば身が立たぬ
りょうほう た み た

兩面不討好。左右爲難。兩全其
美，談何容易。

両方よいのは頰冠り
りょうほう ほほかむり

不偏不倚是騙人。

良薬は口に苦し
りょうやく くち にが

良藥苦口。

両雄並び立たず
りょうゆうなら た

兩雄不並立。

臨機応変
りん き おうへん

隨機應變。

両手に花。
りょう て はな

る

るい とも よ
類は友を呼ぶ

　物以類聚。同氣相投。

るい し
類を知らず

　不知輕重。

るい もっ あつ
類を以て集まる

　物以類聚。

るいらん あやう
累卵の危き

　累卵之危。危如累卵。

るいらん あやう
累卵よりも危し

　危於累卵。

るいるい そう か いぬ ごと
累々として喪家の犬の如し

　累累然如喪家之犬。

る こつ
鏤骨

　刻骨銘心。精心製作。

る す い から い ば
留守居の空威張り

　狐假虎威。

る す い たなさが
留守居の棚探し

　順手牽羊。

る す ひ ようじん
留守は火の用心

　小心火燭爲居家要事。

る す み まい まど お
留守見舞は間遠にせよ

　避免瓜田李下之嫌。

る す つか
留守を使う

　裝不在家。

る てんりん ね
流転輪廻

　生死輪迴。

る り ひかり みが
瑠璃の光も磨きから

　玉不琢不成器。

る り もろ
瑠璃は脆し

　琉璃易碎。喻美妙的東西容易毀
　壞。

る り は り て ひか
瑠璃も玻璃も照らせば光る

　東西雖然不同，用得適當不好的
　東西也和好東西一樣發揮效果。

る り は り て わ
瑠璃も玻璃も照らせば分かる

　再相似的東西，只要用對方法就
　能找出相異點。

れ

礼儀はいつも厚くせよ

礼儀はいつも厚くせよ

礼多人不怪。

礼過ぐれば詔いとなる

礼過則詔。

礼に始まり乱に終わる

始於礼，終於乱。

例によって例の如し

一如既往。按照慣例。

礼は往来を尚ぶ

礼尚往來。

礼はかえって無礼の沙汰

礼儀過猶不及。

礼はその奢らんよりはむしろ倹にせよ

礼，與其奢也，寧倹。

礼も過ぎれば無礼となる

過於有礼反顯失礼。

歴史はくり返す

歴史重演。

歴女

愛好歴史的女性。

烈火の如く

非常憤怒的様子。震怒。

れっきとした

大名鼎鼎。了不起的。名門顯貴。堂堂正正的人。明確。確鑿。眞正的。毫無疑義的。

レッテルを貼る

貼標籤。

連歌と盗人は夜がよい

賦歌和偷盜都在夜深人靜時。

連木で腹切る

指不可能實現的事情。

連理の契り（＝連理の枝）

（夫婦）親密。美滿。琴瑟和鳴。

ろ

<ruby>艪<rt>ろ</rt></ruby>も<ruby>櫂<rt>かい</rt></ruby>も<ruby>立<rt>た</rt></ruby>たぬ

　束手無策。無計可施。一籌莫

　展。

ローマは<ruby>一日<rt>いちにち</rt></ruby>にしてならず

　羅馬不是一天造成的。偉業非一

　日可成。萬丈高樓平地起。

<ruby>労<rt>ろう</rt></ruby>して<ruby>功<rt>こう</rt></ruby>なし

　徒勞無功。

<ruby>蝋燭<rt>ろうそく</rt></ruby>は<ruby>身<rt>み</rt></ruby>を<ruby>減<rt>へ</rt></ruby>らして<ruby>人<rt>ひと</rt></ruby>を<ruby>照<rt>て</rt></ruby>らす

　犧牲自己，照亮別人。

<ruby>壟断<rt>ろうだん</rt></ruby>

　壟斷。獨佔利益。

<ruby>籠鳥雲<rt>ろうちょうくも</rt></ruby>を<ruby>恋<rt>こ</rt></ruby>う

　籠鳥戀雲。

<ruby>浪人<rt>ろうにん</rt></ruby>

<ruby>浪人<rt>ろうにん</rt></ruby>。

263

考不上學校而在期待下次考試的無職業的人（或在補習班補習的人）。落榜的人。重考生。

<ruby>隴<rt>ろう</rt></ruby>を<ruby>得<rt>え</rt></ruby>て<ruby>蜀<rt>しょく</rt></ruby>を<ruby>望<rt>のぞ</rt></ruby>む

得隴望蜀。得寸進尺。貪婪無厭。

<ruby>蝋<rt>ろう</rt></ruby>を<ruby>噛<rt>か</rt></ruby>むが<ruby>如<rt>ごと</rt></ruby>し

味同嚼蠟。

<ruby>魯魚<rt>ろぎょ</rt></ruby>の<ruby>誤<rt>あやま</rt></ruby>り

魯魚亥豕。只因文字形似，而致傳寫或刊刻錯誤。

<ruby>六十<rt>ろくじゅう</rt></ruby>の<ruby>手習<rt>てなら</rt></ruby>い

活到老學到老。

<ruby>艪<rt>ろ</rt></ruby><ruby>三年<rt>さんねん</rt></ruby>に<ruby>棹<rt>さお</rt></ruby><ruby>八年<rt>はちねん</rt></ruby>

櫓三年，棹八年。苦練方出真功夫。

<ruby>路頭<rt>ろとう</rt></ruby>に<ruby>迷<rt>まよ</rt></ruby>う

流落街頭。

<ruby>露命<rt>ろめい</rt></ruby>をつなぐ

僅能生活。

<ruby>呂律<rt>ろれつ</rt></ruby>が<ruby>回<rt>まわ</rt></ruby>らない

口齒不清。咬舌。

<ruby>論語<rt>ろんご</rt></ruby><ruby>読<rt>よ</rt></ruby>みの<ruby>論語<rt>ろんご</rt></ruby><ruby>知<rt>し</rt></ruby>らず

讀論語而不知論語。只知死讀書而不知活用。

<ruby>論<rt>ろん</rt></ruby>ずる<ruby>者<rt>もの</rt></ruby>は<ruby>中<rt>なか</rt></ruby>から<ruby>取<rt>と</rt></ruby>れ

漁翁得利，保持中立。

<ruby>論<rt>ろん</rt></ruby>に<ruby>負<rt>ま</rt></ruby>けても<ruby>理<rt>り</rt></ruby>に<ruby>勝<rt>か</rt></ruby>つ

理直而拙於辯。爭論雖然失敗但是道理是正確的。

<ruby>論<rt>ろん</rt></ruby>より<ruby>証拠<rt>しょうこ</rt></ruby>

事實勝於雄辯。

わ

輪に輪を掛ける
　誇大其詞。

輪を掛ける
　更屬害。變本加屬。

和を以て貴しと為す
　以和爲貴。

我が家楽の釜だらい
　金窩銀窩抵不上自己的狗窩。

我が上の星は見えぬ
　誰都看不到自己的命運。

我が面白の人泣かせ
　把自己的快樂建立在他人的痛苦
　上。

我が刀で首を切る
　自作自受。自食其果。

我が心石にあらず転ずべからず
　我心非石，不可轉也。堅固不動
　之心。

我が子自慢は親の常

癩痢頭兒子自己的好。父母眼中
無愚兒。

我が子には目がない
　偏愛其子，不知其子之惡。看不
　到自己孩子的缺點。

我が子荷にならず
　背自己的孩子不覺重。指父母可
　爲孩子忍受痛苦。

我が田へ水を引く（＝我田引水）
　只謀個人利益。自私自利。只顧
　自己。

我が身の臭さ我知らず
　人都看不清自己的缺點。

我が身のことは人に問え
　旁觀者清。

我が身を抓って人の痛さを知れ
　推己及人。己所不欲勿施於人。

若い時の苦労は買うてもせよ
　年輕努力老來福。

265

若い時は脛に眼がある

年輕的時候，血氣方剛，不怕困難，又敢鬧。善走夜道。

若い時は二度とない

青春不再來。

若木に腰掛けぬ

喻不可依靠年輕人。年輕人不懂事，需要鍛鍊。或指不可輕視年輕人。

若木の下で笠をぬげ

後生可畏。

若気の至り

年輕氣盛，行事魯莽。血氣方剛。

若気の無分別

血氣方剛，年輕人莽撞輕率。

分かっちゃいない

一點都不了解（不懂）。

分からぬは夏の日和と人心

人心如夏日天氣一樣難以預測。

禍は口から

禍從口出。

禍は口より出でて病は口より入る

（＝禍は口から）

禍從口出，病從口入。

禍も三年たてば用に立つ

苦盡甘來。禍兮福所倚。

禍を転じて福となす

轉禍爲福。大難不死必有後福。

鷲と雀の脛押し

喻力量相差太遠。不可同日而語。

鷲派

鷹派。強硬派（主張戰爭或強硬手段的人們）。

罠にかかる

上當。受騙。中圈套。

綿に針を包む

（＝笑いの内に刀を礪ぐ）

綿裡藏針。笑裡藏刀。

綿のように疲れる

筋疲力盡。

渡りに船

順水推舟。久旱逢甘霖。雪中送炭。

渡りをつける
搭上關係。取得諒解。掛勾。

渡る世間に鬼はない
社會上到處有好人。

割って入る
擠進去。

鰐の口を逃がる
脫離虎口。虎口餘生。

笑う顔に矢立たず
伸手不打笑臉人。

笑う門には福来る
和氣致祥。

笑って損したものなし
笑臉迎人招福來。

藁が出る
暴露缺點。

草鞋を脱ぐ
到旅店住下。（結束流浪生活）
落戶定居。

草鞋を履く
出外旅行。

藁千本あっても柱にならぬ
烏合之眾，再多也無法成事。

藁苞に黄金
外俗內秀。

藁の上から
從生下來就…。

藁にもすがる
病急亂投醫。

割り切れない
無法釋懷，心裡有疙瘩。想不通。難以理解。

割が利く
好用。質量好。

割に合う
合算。划得來。

悪知恵をつける
出壞主意。灌輸壞主意。

我を非として当う者は吾が師なり
非我而當者吾師也。批評我的人可爲我師。

わ

267

我を忘れる

投入。陶醉。忘我。

我劣らじと

爭先恐後地。

我思う故に我あり

（＝われと思う）

我思故我在。

我とはなしに

不由得。不知不覺。

割れ鍋に綴じ蓋

破鍋配破蓋。夫婦相配。才子配佳人。

割れ鍋も三年置けば用に立つ

總有一天派上用場。

我に帰る

甦醒。醒悟過來。

我にもなく

不知不覺地。並非存心地。

我も我も

爭先恐後地。

我より古を作す

開創新例。

割れるような

（＝割れんばかりの）

（聲音、疼痛等）非常巨大、激烈。

椀つくりの欠け椀

做碗的用破碗。

椀より正味

外觀雖然不好，內容好最重要。

作者簡介

林 榮 一

中國文化大學東語系日文組畢業

日本東洋大學文學碩士

現任：文化大學日本語文學系兼任副教授

　　　輔仁大學日本語文學系兼任副教授

曾任：日本天理大學交換教授　2009～2010

　　　東吳大學日文系兼任副教授

著作：鴻儒堂日華辭典（編著）

　　　日本語的特質（中譯／金田一春彥原著）

　　　杜子春（中日對照）

　　　日本近代文學選 I（中日對照）

　　　日本近代文學選 II（中日對照）

　　　日本人語 Japanese Business Glossary（中日對照）

國家圖書館出版品預行編目資料

日語最新常用諺語、成語、流行語手冊 ／ 林榮一
著. — 初版. — 臺北市 ： 鴻儒堂，民102.07

　　面 ；　 公分
ISBN 978-986-6230-19-6(平裝)

1.日語 2.讀本

803.18   102008401

日語最新常用
諺語、成語、流行語手冊　　　　　定價：300元

2014年（民103年）　3月初版一刷
本出版社經行政院新聞局核准登記
登記證字號：局版臺業字1292號

著　　　者：林　榮　一
封面繪圖
內文插畫：細　川　佳　代
發　行　所：鴻儒堂出版社
發　行　人：黃　成　業
門市地址：台北市中正區漢口街一段35號3樓
電　　　話：02-2311-3810／傳　　真：02-2331-7986
管　理　部：台北市中正區懷寧街8巷7號
電　　　話：02-2311-3823／傳　　真：02-2361-2334
郵政劃撥：01553001
E-mail：hjt903@ms25.hinet.net

鴻儒堂出版社設有網頁，歡迎多加利用
網址：http://www.hjtbook.com.tw